内 / 蒙 / 古 / 风 / 情

岱根塔拉的芦花开了

刘丽波◎著

中国盲文出版社

图书在版编目（CIP）数据

岱根塔拉的芦花开了（大字版）/ 刘丽波著．—北京：中国盲文出版社，2017.12

ISBN 978-7-5002-8213-6

Ⅰ.①岱…　Ⅱ.①刘…　Ⅲ.①散文集—中国—当代　Ⅳ.①I267

中国版本图书馆 CIP 数据核字（2017）第 295412 号

岱根塔拉的芦花开了

著　　者：刘丽波
责任编辑：包国红
出版发行：中国盲文出版社
社　　址：北京市西城区太平街甲 6 号
邮政编码：100050
印　　刷：北京新华印刷有限公司
经　　销：新华书店
开　　本：710×1000　1/16
字　　数：118 千字
印　　张：13.5
版　　次：2017 年 12 月第 1 版　2017 年 12 月第 1 次印刷
书　　号：ISBN 978-7-5002-8213-6/I·1708
定　　价：39.00 元
编辑热线：（010）83190265
销售服务热线：（010）83190297　83190289　83190292

目　录

CONTENTS

第二辑　奶奶的酸米饭

第三辑　岱根塔拉的芦花开了

序一

看不见的遥望

——读刘丽波《岱根塔拉的芦花开了》

刘丽波不是留玻璃，稍有碰撞摔得粉碎。她 1973 年出生，内蒙古人，大学毕业到人才市场应聘，当了一名指导老师，正在她雄心勃勃展翅高飞时，厄运当头一棒，她得了眼疾。本该手术一做便重获亮晃晃、水灵灵的双目，结果却遭手术失败，跌入史光柱之流。

史光柱是谁?《血染的风采》的原型,《小草》的演唱者，他当过兵打过仗，四次八处重伤，生死转换捡回一条命，不过他是战士，刘丽波是什么？她是靓女、是宝贝，在家排行老三，父母是学校老师，知识分子家庭，可称书香门第的。这么一个如花似玉娇滴滴的大小姐栽此跟头，你说倒不倒霉？白雪公主可能当不成了，然而从地上爬起这是活下来的先决条件。

用黑夜形容双目失明不太确切，黑夜有星光、月光，天阴下雨还有萤火、灯光。黑暗不同，扒不开、推不走、抹不去。人陷进黑暗如同跌进万丈深渊，想要光明做梦去吧。

偏偏刘丽波爱做梦，这个梦没做完，她换个姿势做下个。有梦好啊！有梦至少你笑过、爱过、拥有过。梦都没有的人不是死人便是玩具，怎么说她也是草原之女，没有蒙古族血统也有满族基因。一出生，便比我高贵一节，我都能以笔代枪冲锋陷阵，她不也更胜一筹。只要不服输，败局已定的人生一样赢了回来。

她这样想也这样做，自学写作尝到甜头一发不可收拾，这样刊那样报，屡屡出手。我见到她的时候她已崭露头角，那是2013年11月，中国盲人文学联谊会在北京中国盲文图书馆举办成立仪式。她跟母亲来了，我在台上讲话，她坐在台下，她看不见我、我看不见她，彼此没打招呼，都是“目中无人”的人，谁也别挑谁的理。

初识刘丽波是在联谊会入会花名册上，因为她是会员，有人推荐她的作品，我翻了两篇有点像通信简报，而且她笔下生花，比记者写得还略胜一筹，瞥了两眼因为事忙没再理会。

今年四月，大爱联盟网总监、联谊会理事王福德，说刘丽波想出一本书，《岱根塔拉的芦花开了》，让我写序，我吓了一跳，如此神速，竟到出书的环节了。当时正赶上“英模进校园活动”在各地巡讲，我未来得及看她的书稿，南宁、太原等地转一圈两个月已过，再找书稿没了，之前走得急，未在电脑存储。王福德笑问你忙得过来吗？忙不忙得过来都要写，她是草原之女，联谊会的高原雄鹰，我不能懈怠，怎么也得添点展翅之势。

书稿发来，我沉浸在宽阔的草原。马头琴响，如泣如诉、婉转哀怨的旋律，胜似马的嘶鸣，又如马在低吟，直抵灵魂深处。分明有人闪了泪光，有人端杯的手在颤抖，她哭了，她说没哭。湿地的草原透着泥土草香，湿湿的、爽爽的，沁人心脾。她像个孩子，莽撞地惊扰着安详的草原。她对着草天一色浩瀚无际的远方呐喊，跪下时泪水淌在脸颊。没人注意她的沉默，当初要是多看几眼……哎！还有身边的亲人。可那是当初不是现在，没有人理解一个盲人看不见的遥望，而这种遥望如同草原的草，在呼啸的人生风雪中，悄无声息地积蓄着春天的力量。

我去过草原，那是地的宽厚，风的抚慰，天的洁净，云的懒散，草的清香交织的美妙世界。第一次是 1984 年 11 月随英模报告团前往，深刻的印象是手抓肉、小蠓虫和羊群牧歌。第二次是 2004 年到赤峰，山地草原特色，离天很近，印象是倚天草原、摩天草原。与青藏高原、红土高原的山不同，青藏高原的山陡峭绝断，无声、狭长，而赤峰的山伴着沙丘、石头，远看像山，近如土丘，到了山顶不知顶，颇有“不识庐山真面目”的意味。第三次是 2006 年年底到包头，纠缠着阴山情结过了阴山，草地连着草地，宽阔连着辽阔，隐约可见的敖包扯出天鹅湖的恋情。无需人诱惑我已跨上战马，没有障碍物的草原宽容无边，没有眼睛一样纵横驰骋。凭着感觉我如风一样自由地来去。

三次到草原，头一次太过兴奋未留只言片语，二次写了一个援教女孩的《花动草原》，第三次回到家，心还留在草原，借着成吉思汗的雄姿写了一首《驰骋的风》。歌词是这样的：驰骋的风、狂飙的风，驰骋的风、力量的风，驰骋的路上有你也有我，请将你的白云带进我山中……你无需听完歌词，知道两句是想让你有那个情调，刘丽波有情调也有格调，她不写风景而写风情，按她的话写最熟悉的生活。

有一篇文章不能不提，那是刘丽波的《养羊记》，文中母亲病了，父亲为了母亲健康，买了一只临下崽的奶羊，奶羊生小羊，兄弟姐妹四人甚是怜爱，不久另一家人生孩子没有奶水要带走山羊母子，她和弟弟不忍与小羊离别，文中有这样一段："那人一手牵着奶羊，一手抱着小羊在前面走，我和弟弟哭着跟着他走，叔叔受不了小泪人跟随，把小羊放下，让我们抱一会儿，我把在呼市上班的二舅给我买的心爱的红围巾给小羊围上，红色的围巾裹着雪白的小羊，很漂亮，小羊不时用头蹭蹭柔软的围巾，我觉得它是喜欢我送的围巾的。"这段描写情景交融，把泪光中的姐弟俩推向了恋恋不舍的高潮，令人感动且富有人性化。

如果说叙事散文以情动人，那么情理相通却是散文不可或缺的元素。《番瓜》是她又一力作，好就好在她用拟人化的手法拓宽了人的视野，文中以过年番瓜为主体，围绕一对乡下母子为感谢老师为他们交学费来答谢恩人展开线索，逐渐拓展作者对番瓜的认识，文中这样描写："一日一日嫩绿的秧苗出落成了番瓜藤，紧贴着墙，就像一个个勇于攀登的登山运动员。"她接着写到："那些茎须，一副继续使劲的样子，蔓头也高昂着，卷曲着，劲很足。一场雨后，我们能看到蔓头的生长，昨天的叶子还没完全展开，今天的叶子已高高地擎起了。"读到此你有何感受？作者以人拟物、以物拟人。物人一体相得益彰，此文亮点颇多，不用一一列举。

纵观刘丽波《岱根塔拉的芦花开了》，大体可分两类，一是人物传记，二是叙事抒情散文。人物传记不做点评，后一类叙事抒情散文笔法细腻，结构严谨，如《酒缘》、《千里姻缘一鞋牵》等文章，幽默风趣、感同身受。《炉火》是一篇最具代表性的作品，此文首尾照应简洁明快。通过早起的父亲为家人生火，母亲为学生生火，另一个下放到学校不会生火的北大教师深受同学爱戴，不用他烧炉子别人便替他烧好了。三个形象三盆人生炉火，不正是孩子们成长中燃烧希望温暖他人的炉火吗？读后发人深省。

我不太喜欢那种循规蹈矩的作品，不管形式的文章。没有变化不行，变化中没有灵气没有悟性更是空乏其身。

时间、地点、人物、情节固然重要，但要融会贯通灵活使用，有人说人物重要，于是乎说明文都要扯进人来，这太过死板。所以我强调立意，立意清楚再搭结构，人和物都有可能成为主干。情节跟着主干走，主干围着主题展现。尤其散文，写景、写人、写物，只是侧重点不同。所谓“形散神不散”说的便是这个理。

草是万物的底色，平凡人的象征。草原是家，是它的舞台，我对草有着莫名的偏爱，那是因它是季节的先锋、生命的颜色。“野火烧不尽，春风吹又生”，兵更懂得它的坚韧，所谓“一番桃李花开尽，唯有青青草色齐”，唯有小草那种精神，才有平凡中的伟大，愿刘丽波把草原的美与小草的精神融注于笔端，写出更具魅力、更有味道的好作品。

史光柱

2017 年 6 月 2 日于北京

（史光柱，中国盲人文学联谊会会长）

序二

马莲朵朵开

早在2010年，当我习惯性地打开第六期《盲人月刊》电子版，便惊喜地读到一篇为我的散文《欢乐树》写的读后感《让悲伤化作“欢乐树”的春泥》，自然就记住了作者的芳名，只是当时并不认识作者刘丽波是何许人也，直到这年底，我和文友创建了盲人文艺爱好者QQ群，丽波经人介绍进入本群，我们才结缘于网络。

2013年11月，中国盲人文学联谊会在北京中国盲文图书馆举行成立仪式。刚在北京南苑机场下飞机，我的手机便传来丽波的问候短信，询问我下榻酒店的房间号，要来拜访，这是我迄今与丽波唯一的一次晤面。去年的全国盲人作家高级研修班，原本是有丽波的，但她因身体缘故没有出席，使得我们错失了在中国盲文图书馆第二次握手的机缘。

那次见面，丽波给我的感觉，她就是大草原随处可见的一朵马莲，素雅淡定，落落大方，谦和而不娇饰，爽直却不张扬，很是符合我这伤残老兵交友的口味。

因为那篇读后感，因为网络结缘，因为北京晤面，因为丽波留给我的美好印象，我开始关注她的作品，发现短短几年，她一发不可收，已经成为《盲人月刊》的大赢家，是该刊发表作品最多的作者之一。许多盲人，因为闭门蜗居，写着写着素材就枯竭，无米下锅了，继而便是沉寂和无奈。唯有丽波越写越多，成为盲人写作的一朵不败之花，那记忆和往事，便是她写作的源头活水，让她取之不尽，用之不竭，很是值得我们学习和借鉴。

在内蒙古当地报刊发表的作品，她也打包发来，总是谦逊地让我指教，且以学生自居，让我不得不认真对待，努力从鸡蛋里挑出些骨头来，以求共同交流切磋。丽波对我的意见十分看重，哪怕指正的只有一个字，一个标点，她也会诚恳地接受和感谢。这么谦虚好学，或许是大学数学系毕业的她，大草原敕勒川的女儿，失明后开始习文、写作进步飞快的一个因素吧。

读到丽波大量美文，我给她两点建议，一是申请加入当地作协，二是整理出版散文集。她有些惊讶地反问我，能吗？她也能进入作协当作家，也能出书吗？我的回答是肯定的。她信了我的话，结果不到两年，先后加入了呼市和内蒙古自治区两级作协，喜讯一个一个传来，我们两个人都很开心。今年，我把丽波散文打包推荐给中国盲文出版社编辑部，编辑部很快便发来消息，充分肯定了丽波散文，从而有了我们看到的丽波第一部散文集《岱根塔拉的芦花开了》。

丽波嘱我为书作序，这对我是个不大不小的难题，但好友相托，我虽从没干过这活，也只能勉力为之了。

丽波自诩是讲故事的人，她也确实擅长此道，这本书就是她为我们讲述的一个个精彩故事，语言简洁洗练，又有几分谐趣。比如《酒缘》，是写她父母因酒结缘，从而结为伉俪的，这已经够有趣了。后面又读到一篇《千里姻缘一鞋牵》，才知道她父母原来小时候是校友，两人都是穷孩子，各自都只有一双鞋上学才穿。一次女同学半路把鞋弄丢了，光着脚丫子不敢上学。男同学见了，把自己脚上的鞋给了女同学，女同学后来给这男同学买了一辈子鞋。两篇连起来看，就像看电视连续剧，因为看得轻松有趣，就想继续看下去，巴不得后面还有第三集、第四集……

散文家许俊文在他的散文集《回到草中间》的后记里写道："好散文不外乎：婉转如河流，朴素如草木，真诚如故交。"我深以为然。对照丽波《岱根塔拉的芦花开了》中的篇什，大抵还是符合这三条好散文标准的。我还注意到，丽波行文，既有草原人的质朴洒脱，又有女性的柔美细腻，且总能适时地戛然而止，从不拖泥带水，令人读后回味无穷。《奶奶的酸米饭》、《番瓜》等，就是这方面的代表作，而《打麻绳》、《酿醋》等篇对细节的捕捉，描述的清晰都让我叹为观止。难怪人说"世事洞明皆学问，人情练达即文章”。我则想说，细节是散文的生命，离开了血肉丰满的细节，散文也就无以为文了。

丽波讲故事，始终没忘了故事里的人，没忘记人才是故事里的灵魂。亲人、朋友、邻居、老房东、父亲的发小、母亲的同事、下放的“知青”、回头的浪子、“对珠眼”的小孩、爆米花的老头等等，都是她故事里的主人翁，常常三言两语，一个小细节，这些人物就立在纸上，跟站在你面前一样触手可摸，形象鲜明。比如《羊倌朋友》中的老羊倌，一次从外面回家，小儿子邀功般报喜，把一只病羊卖掉了，老羊倌一听就火了，让儿子立即把卖掉的病羊追回来，把钱退给人家。就这一个细节，一个卑微而又善良、耿正的老羊倌形象便站立起来，令人感佩。

或许是年少时经历了那个食品极度困乏的年代，丽波对各种吃过的美食总是记忆犹新，念念不忘，汤圆、饺子、粽子、月饼、年糕、豆腐、腌菜、番瓜、爆米花、腊八粥、抿八股儿、酸米饭一一被她收入文中。捧读一篇篇这样活色生香的文字，我常常不自主地口舌生津，食欲大开，恨不能当即放下书，去寻访那些草原风味小吃，寻找草原的味道。

《第一次包粽子》一文中，丽波捆粽子用的就是马莲。马莲是草，是花，怎么能捆粽子呢？为此我百度了一下才释疑。原来马莲的花、种、根均可入药，叶可用于造纸、搓绳及制人造棉，根可以制作刷子。我又一次觉得，丽波就是那捆粽子的马莲，把一个个故事，包裹成了一个个玲珑别致的粽子，甜香诱人，非食之而后快。

当然，马莲更是花，盛开时跟大海，跟蓝天一样的蓝，因而又称马兰花，在大草原，在草原城市的角角落落随处可见，芬芳四溢，素雅如兰。再读丽波的散文，那一篇篇不正是她精心培育出来的一朵朵马莲吗？

马莲朵朵开，开在她的往事里，开在你我的心间，也必将开在祖国日益繁荣的文艺百花园中。

亲爱的读者，如果你也喜欢大草原，喜欢赏花，喜欢听故事，喜欢草原风味小吃，就请翻开这本书吧。

是为序。

江建军

2017 年 2 月 23 日

（江建军，中国盲人文学联谊会副会长）

序三

在朴实的回忆中挖掘人性之美

——浅谈刘丽波散文的艺术特色

在这个燥热的盛夏里，朋友刘丽波的散文让我的心沉静下来。走进作者用文字铸造的情感世界里，怎样评价这位盲人作家的作品呢？决不能轻而易举地乱说一气。首先要对这位本身视力残疾的作者负责，再对她笔下的文字负责。在反复阅读的基础上，认真思考作者的思想与艺术，再说出自己的一孔之见。在语言文字运用上，我愿意用“朴实”；在作品情感的表达上，我愿意用“真挚”；在作者笔下对社会变迁的描述中，我愿意用“忠实”。那么，让我们用散文欣赏的视角，走进作者的一篇篇作品中。

《炉火》是一篇有温度的作品。作者回忆起了她的童年时代，从家长生火带给孩子们的温暖，写到老师们提前来到教室生炉子，师生情温暖了同学们的身心，这篇文章最精彩之处，也是点题之处，作者写了一位不会生炉子的老师，他不仅仅温暖了同学们的身体，作者写到：“他不知道点燃了多少学生心中知识的火种，他的知识之光照亮了不知多少人，他自己就是个火炉，人们也喜欢围着他这个知识的火炉……”这篇作品的构思极为精巧，描写这个人物的笔墨并不多，却起到了画龙点睛的作用。这篇文章如果没有陈老师这个人物，文章会逊色不少。反之，作品有了温度，有了色彩，有了神韵。

如今，为了保护大气环境，炉火已经逐渐退出了我们的现实生活，但它却仍然熊熊燃烧在这篇文章里。

《第一次看春晚》同样也是一篇回忆性散文。发生在33年前的一段童年往事，仍然让作者记忆犹新。因为通过电视看春晚，如今是再平凡不过的琐事了，而在当年那个八九岁小姑娘的内心世界里，掀起了多么大的波澜呀！作者通过买电视机这件家庭生活琐事，写出了作为家长、作为父亲的表率作用，写出了作者自己由于激动，做出了“新年不穿新裤子”的表态。第二件事是电视机买回来的那天，家里一下子热闹起来了，五金店经理虽然没有正面出场，从他为父亲提供了便利，反映出父亲的人格魅力；从邻居张老师大力帮助，反映出父亲是一位值得崇敬的好老师。这篇作品讲的是普通而又平凡的家庭琐事，细读后，我们明显地感到，作者是通过写物质相对贫乏的那个年代，写出了一家人以及邻居老师的各种心态。又通过没有出场的五金店经理，和已经出场的邻居张老师，写出了父亲是一位受人尊重的好老师。作者通过这个平凡的故事，是写社会生活，通过真事写人，写人们的多种心态，写出来人性之美。这一切都是作者在有条不紊的叙述中完成的。

读着《酒缘》的一行行文字，一股浓烈的酒香扑鼻而来。我平时也爱喝两口儿，读着这样的文字，有一种亲切感。作者眼前连一点光感也没有，却为读者描绘出一幅形象生动的画面。古道热肠的蒙古族汉子的形象跃然纸上。

“年轻时的父亲曾经滴酒不沾，第一次喝酒是为了一个姑娘。”女作家的笔墨可谓老辣，两句话，二十多个字，就把读者的心紧紧抓住了。蒙古族老师胡大哥，为了给汉族小弟小刘老师介绍对象，精心张罗了两桌酒席。通过喝酒，胡老师、小刘老师、小吴老师几个主要人物的个性体现得淋漓尽致。小吴老师虽然工作业绩一般般，但他能说会道，小刘老师虽然话不多，但为人老实、实在，工作成绩特别突出，深受蒙古族大哥的信任。这位蒙古族胡大哥为了撮合这两个汉族青年的婚姻，真是煞费了一番苦心。这个故事体现出胡老师的人性之美，让我们感受到了这位蒙古族兄长的可爱与善良，成全了两个年轻人的百年之好。这是一支民族团结的赞歌，更是一支人性之美、人情之美、人道之美的颂歌。

《那知青　那罐头》用浓得化不开的情感，把我们带回了那个特殊的年代，带到了那些知青的身边。在那段岁月里，知识青年群体在农村广阔天地接受锻炼，他们的故事不应该被人们淡忘。一对纯朴善良的农村教师，与下乡知识青年们结下深厚的感情。他们的生活颠沛流离，每到一个地方，便很快与当地的知青们打成一片。这个六口之家的女主人，尽管自家生活并不富裕，过年过节却总要把知青们请到自己家里吃顿饭。作者用一颗童心，用儿童单纯的目光，看待这个世界。她没有感觉到半点痛苦，感觉到的全是难忘的回忆。这与当时的实际情况形成了巨大的反差。襁褓中的她被贪玩的姐姐看丢了，姐姐被吓哭了，妈妈也着了急，知青姐姐把她抱了回来。忙于工作的妈妈经常顾及不到她，反而是知青姐姐、知青老师给了她很多的关爱。放在她兜里的几块糖果，常常甜透了她的心。那段岁月是清苦的，但在作者的笔下，写下的都是难忘的回忆。这巨大的反差，正是作者的匠心独运，正是作者对文学的苦苦追求。特别是作者写到知青姐姐送给自己的两罐牛肉罐头，这美味留在作者幼小的记忆里。作者写出了那个特殊年代的温暖与感动。作者把她记忆里美好的东西记录下来，形成了一幅幅反映人间真情的美好画卷。

回忆性叙事散文是作者文学创作的主体。语言运用上的朴实无华，感情上的真挚细腻，形成了她独特的创作风格。特别是对童年时代的回忆。作者的内心是善良的，她以女性的视角，以一颗单纯、善良的心，看待那个时代发生的一切，她努力挖掘人性中纯美的东西。她没有纠缠散文是否能虚构这一学术性问题，而是老老实实记录自己亲身经历的生活。她没有过多描写父亲经历的不公正待遇，而是努力挖掘着普通人内心深处的人性之美。挖掘普通人人性之美的光芒，形成了刘丽波散文创作的主色调。

丽波是一名年轻的探索型作家，我衷心祝愿她的心灵走得更远一点，走进万紫千红的散文大花园，我完全有理由相信，她的创作会结出丰硕的果实，为内蒙古文坛乃至中国文坛，添一抹绿色，增一分光彩。

张骥良

2017 年 7 月

（张骥良，中国作家协会会员）

第一辑

新鞋子，旧鞋子

羊倌朋友

父亲有位羊倌朋友，父亲叫他盆扣，我们就叫他大爷。大爷是父亲在凉城县三苏木公社当教师时结识的。他是井沟生产队的羊倌，因为小时候家里穷，没能上学，但大爷的记性非常好。只要他看过的戏，听过的书，那情节故事他都能复述出来。他的文艺细胞也多，二人台唱得好，秧歌扭得好，正月里他就是村里秧歌队的队长……

他的大女儿金花遗传了大爷的好记性和文艺细胞，长得又喜人，十几岁时，县乌兰牧骑到乡下演出，那时候文娱活动少，乌兰牧骑来了，演员们都成了明星，村里的大人孩子都成了超级粉丝。金花姐跟着大人看了几出戏后，就能跟着台上的演员演唱。她的无师自通被乌兰牧骑发现，乌兰牧骑离开时，领导就找大爷商量，要带金花姐走。于是金花就成了当时乌兰牧骑最小的演员。

年轻时的父亲爱打篮球、乒乓球，一放学、一放假，从球场回家，家里又成为朋友们聊天聚会的场所。到了饭点，母亲端上什么他们就吃什么，打平了，也凑钱到我们家开灶……“文革”期间，父亲因为出身破落地主家庭，不少朋友熟人迎面走来，会绕个弯儿躲开……可还是有不怕连累的，大爷就明明知道父亲的处境，他不在乎，成为父亲在患难中新结交的朋友。他白天放羊，晚上常到我们家和父亲闲聊，他的故事真多，他一开讲，听众们都听得入神。大爷到我们家，还时不时带点吃的，自留地有什么农作物能吃了，他来时就捎带什么，一把豆角、三个玉米棒子、五个土豆……于是我们翘首以待大爷的到来。

大娘没有缝纫机，母亲就让大爷把裁剪好的布料拿到我们家，母亲用缝纫机缝制。母亲手挪脚踩，衣服的针脚细密平展，可她不敢下剪刀裁剪。那时买布要布票，太珍贵了！大爷很信任地把整块布料拿来，让母亲裁剪缝纫一起做。起初，母亲可着布料裁剪，她想，做大些，不好还能重做。大爷却说："不错！孩子正是长身子的时候，衣服就得大些。以后我家的衣服不用找裁缝了。"母亲的胆子壮了，越来越有了裁缝的样子。

后来，父母又被调动，刚去，学校只能提供一间土坯房，放杂物的凉房得自己盖。我们家那时放粮食和杂物用的是纸金缸，那是母亲把废纸用水揉碎贴在瓷缸上晒干脱的壳子，怕雨淋。父亲不惜力，没日没夜脱土坯，可房顶用的椽呢？又是大爷把他家的椽借生产队的马车拉来。跳下马车，他又成了泥工、木工，和父亲一起盖了间凉房。和他一起来的，还有几只正在下蛋的母鸡。

大爷当羊倌，一眼就能选中头羊。羊铲子握在手，就像握了根指挥棒。他想让羊群停下，远远的，他用羊铲铲起一块土坷垃，像一个投掷运动员，扔在头羊面前，头羊就如同听到了指令……

大爷选的头羊是只壮健沉稳聪慧的大公羊。大爷有根漂亮的羊鞭，一甩羊鞭，能发出哨音，他想让羊群往前走，一挥鞭，尾羊就直往前拱，头羊也听懂了。大爷抱我骑过他的头羊，骑在头羊宽大柔软的脊背上，比坐在父亲那辆加重二八飞鸽自行车大梁上舒服多了。头羊的两个羊角威风地立在头顶，朝后打个弯，大爷说羊角是头羊的武器。我想，有人要欺负我，我的羊角辫也能当武器就好了。

头羊领着羊群到了有青草的山坡，散开，就像天上游动的云。大爷这时就亮开了嗓子，唱响了二人台《五哥放羊》："正月里来正月正，正月十五挂红灯，红灯挂在大门外，单等我那五呀哎哥哥来呀么来上工……"唱到"六月里来二十三，五哥放羊在草滩，身披上衣手拿上伞，手里那个又拿上哎放羊的小铲铲"，羊们就把草啃得更欢。

大爷也是剪羊毛的能手。剪羊毛可不像给人剪头发，绵羊看着温驯，人家的毛也是"受之于父母"，一个生手，拿着一把大剪刀，一剪刀下去，羊一动，羊毛没剪多少，反倒把羊的皮肉伤了，那羊更不听你的了……大爷剪羊毛快速、准确、齐整，经他剪过的羊，就像好的理发师理出的小平头，短短的羊毛羞怯怯地趴伏在绵羊身上，天热了，绵羊因为没了厚重绵密的毛覆盖，很舒适地度过炎热的夏季……

我们家也养过羊，它们能健康茁壮地成长，还有了后代，是因为有大爷这个养羊高手的丰富养羊经验做后盾。

农村实行土地承包制，羊也分到了各家各户。大爷除了种自己家的责任田，剪羊毛的时节，他就给人们剪羊毛，顺便给村民说说怎么养羊……后来，他干起了老本行，养了一群羊，羊群越来越大，他成了养羊专业户。

一次有人上门买羊，大爷不在家，他一回家，小儿子就乐颠颠跑来告诉大爷，他把那只有毛病的羊羔卖掉了。大爷收起了笑容，厉声问："你卖给哪村哪家了，马上把羊追回来。"

小儿子低声说："我还不是看您辛苦，养它比养几只羊都费劲。我见那人没看出它有毛病，就……"

大爷说："那更不成了！那只羊羔到了那家，还能养大吗？"

当小儿子出现在刚买了羊的邻村那户农家院子，说那羊羔不卖了，要把羊带回去，把钱退还。那户人家还不肯，以为羊又涨价了，卖主嫌价格低了，反悔了。大爷的小儿子说明情况，让他再到家里按原价换只没毛病的。那户人家说这可遇到好人啦！于是来大爷家买羊的村民更多了……

发表于 2015 年 9 月 23 日《北方新报》

第一次养猪

童年时，我和弟弟都爱看小人书。有本小人书讲了一条狗的故事。狗的名字叫宾果。它忠诚、勇敢、机智，可惜宾果为了救主人牺牲了。我和弟弟都非常喜欢宾果，弟弟还萌发了抱养一条小狗的念头。那时候县里几乎没有养宠物狗的，养土狗的人家也不多，弟弟打听到班里有位同学家里养狗，而且快要生狗仔啦，他和同学预定了狗仔，并忍痛割爱给了同学好几本心爱的小人书做订金。但那位同学并未履行约定，也没退还小人书。

看着弟弟的失落，母亲没有责备他赔了小人书却没带回小狗，而是问我和弟弟，说家里准备抓只小猪养，问我们愿不愿意帮她。当时，我们住的学校家属院里，主妇是家庭妇女的人家都养猪，母亲念叨了好几年，想养只猪改善生活，父亲以各种理由予以否决。母亲说动物小的时候都可爱好玩，就说服了我和弟弟，支持她养猪。

春天的一个下午，放学一进院门，就见一伙人围着一只小猪，她们都是家属院富有养猪经验的大娘、大婶，她们边评点边传授养猪经验，一致认为母亲没抓对猪崽，这种猪好看不好养，长得又慢……

小猪见了我像见了救星，钻出包围圈，用粉嫩的小嘴拱我的小腿，哼哼着，看着憨头憨脑圆滚滚的小猪，我不由得蹲下，抚摸它还未长硬长粗的鬃毛……小猪其实并不蠢笨，它马上认准弟弟也是它的保护神。母亲说在父亲搭建起猪圈之前，春天乍暖还寒，晚上得让小猪在堂屋睡觉，小猪已经成了我和弟弟的跟班，这正合我们的心意。

任小学班主任的母亲总会给孩子分配力所能及的家务，我的任务就是烧火。养猪的那一年我们家已经不用风箱，用的是手摇鼓风机。手摇鼓风机占地面积小，省力，我可以坐在小板凳上，把一本闲书摊在大腿上，左手摇动鼓风机，右手翻动书页，干活读书两不误。家里有了小猪，它成了我的陪读。它喜欢灶火前的温暖，也喜欢依偎在我的腿旁，享受我的抚慰。后来这个陪读有点不老实了，动起了猪脑子，它黑黑的圆眼珠转了转，就用微凸的嘴巴拱我的书，把书合上。我再翻开，小猪见我没赶它，就更来劲了，它抬起前腿，搭在我的腿上，顺嘴拱下了摊在膝头的书，前腿一发力，后腿一蹬，跳到了我腿上，卧倒，细尾巴卷翘，示威般朝着躺在地上的书哼哼两声……

周日，父亲要帮奶奶种责任田，有了小猪，我和弟弟就跟着父亲到郊外的野地，挖野菜给小猪吃。听人说甜苣、苦苣、灰菜……猪都能吃，我们手握“丁”字木柄的小铲子，寻找刚长出嫩叶的野菜，把铲子往土里一插一剜，野菜连根拔起，一抖一扔进了筐。

小猪一见我们回来，撒着欢跑过来。让邻居们言中了，我们的小猪是个挑食的家伙，它把筐里的野菜拱来拱去，碰到嫩甜苣张口，老的，还有苦苣、灰菜之流，得切碎了，和饲料一同煮熟了再喂它。

家属院的大娘大婶很关心小猪的成长，串门时都说："这个品种的猪确实不能养，看，长得就是慢。"我和弟弟却觉得小猪长得太快了，怎么几个月就长这么大了，大到父母不再允许它在小院里乱跑，把它关进了猪圈。失去自由的小猪长得更快了。

秋末，几场冷雨过后，猪不好好进食了，以往一放学，我们得先喂饱它，不然，它闻到饭香，却没它什么事，就嗷嗷地叫，惊心动魄地，让人于心不忍，只好暂且放下饭碗……可这天，它对吃没了兴趣，猪食不吃了，我们把一盆熬得稠稠的小米粥端给它，它吧嗒了几口，就倒下不动了，哼唧着，告诉我们，它难受着呢！

这是我们家养的第一头猪啊！父母赶紧请来了兽医，兽医看过后说消化不良，打一针吧。猪被放到院子里，兽医在往针管里装药，那针管真粗！那哪里是针头，简直是锥子！爸爸帮着兽医按住不让它动弹，我不敢看，躲进了屋里；我也不敢听，捂住了耳朵。猪的号叫还是硬往耳窝里钻，我这下理解了刚学的成语"锥心刺骨"。

天又下起了雨，越下越大，猪怎么样啦？我急忙抓起雨伞奔出屋，它肯定没力气站起来，否则它怎么没进猪圈，还躺在院子里？弟弟找了块塑料布盖在猪身上，我把雨伞撑在它的头上，我的泪水和着雨水顺着脸颊流，猪的眼里也涌出了泪水……

几天后，猪又能正常进食了。进入冬季，猪虽没长成邻居家猪的肥壮，父母还是商量怎样处理猪的问题。父母也想到了，让我和弟弟看到杀猪的惨景，会受不了。看来，年初打算像其他人家请屠夫杀猪、留半扇猪肉自家吃、另半扇猪肉卖掉的计划是无法实现了，父母决定找个买家卖活猪，少卖钱就少卖吧。

有一天放学后，我们没听到猪的哼哼声，猪圈空了……心也空了！

第二年春天，父母又抓了只小猪，这一回他们听取人们的建议，小猪嘴长身子长，据说这个品种的猪不挑食，长得快。我们自觉地不再做养猪助手，和母亲报名，做了她的养鸡助手……

发表于2014年2月28日《北方新报》；
2017年第7期《盲人月刊》

小毛团

小毛团是我们曾养的一只小鸡。

我和弟弟报名做养鸡助手的那年春天，爸妈用纸箱一次抓回二十只小鸡。其中，有只最小的，抓在手中，像是抓着一个小绒线团，弟弟就给它起名小毛团。

为了做一个称职的养鸡助手，我和弟弟每天放学后就主动给小鸡的住宅——一个大纸箱换“地板”（两张旧报纸）。我们把一个个小鸡抓进另一个铺好干净报纸的大纸箱，把原来纸箱中满是鸡粪的报纸扔掉，看着小鸡们欢快地在干净的“地板”上嬉闹，我们开心地笑了。我们家每年都要订几份报刊，那时候，给我们订的是《少年报》和《儿童文学》。以前父母养鸡，想用我们看过的旧报纸，我们就像铁公鸡，吝啬得很。这回我们也参与养鸡，一下子慷慨大方起来。

小毛团是鸡群中最小最柔弱的，每次我们把中间扣着小碗的大餐碟放进纸箱当中，小鸡们一拥而上，挤来挤去，小毛团总被挤出圈外，吃被同伴们嘴啄过、脚踩过的鸡食，还免不了被啄几口。我和弟弟就像路见不平的大侠，出手将它们拨开，让小毛团进去吃喝，但那些小鸡蜂拥而上，如果我们非要强硬地不让它们吃食，它们就更起劲地往前冲，会将放着鸡食的碟子掀翻。我们就把小毛团和其他小鸡隔离，将它放到另外的小箱子单独喂养。不料，吃了小灶的小毛团反倒吃得越来越慢，越来越没有兴趣，它和其他小鸡相比，显得更为弱小。

爸妈很反对我们的这种喂养小毛团的方法。他们说如果我们再这样继续下去，等小鸡们再长大一些，它们会不认小毛团，那时候我们把小毛团放进鸡笼，别的鸡会一起啄它，我们也不可能整天看着它们，小毛团就惨了，我们这是害小毛团。我们怎么会害小毛团？我和弟弟经过激烈的思想斗争，决定还是听爸妈的话，让小毛团回归鸡群。

这时候，小鸡们已经搬进用钢筋焊制、铁丝编织的鸡笼中。小鸡们的一举一动我们都看得清清楚楚。小毛团刚进去，总是孤零零缩在一个角落，吃食饮水时，也抢不过那些个头比它壮的小鸡们，它总要等别的小鸡都吃喝完了，才会上去吃剩饭。我和弟弟真想再把小毛团放出来，但一想到父母的警告，就只好狠狠心，让它单独面对生存竞争的考验。渐渐地，小毛团不满意于老是吃剩饭的惨景，于是它也加入抢食的大军中，小鸡们只顾自己抢自己的，也顾不上理会小毛团了，小毛团很快就融入了鸡群中，习惯了和别的小鸡一起饮食起居的生活。

小鸡们的身上渐渐长出了羽毛，小毛团的个子也长高了，看上去，它和别的鸡没什么两样，但我们还是能一眼从鸡群中认出它。

冬天到了。鸡群中的母鸡一个个开始下蛋，下了蛋的母鸡就骄傲地咯咯咯叫个不停，报告主人它也下蛋了，可别杀我啊！那些长着漂亮羽毛、大红鸡冠的公鸡，每天天没亮就为主人打鸣，叫主人起床，它们还蒙在鼓里，不知道他们离死期不远了。眼看就要进入腊月，父母商量要把公鸡杀几只留着过年吃，剩下的卖掉。最后他们提到了小毛团，虽说它看起来是只母鸡，但至今没下蛋，一块卖掉吧。我和弟弟听了都竭力反对卖掉小毛团，但家里养鸡不是把它们当宠物的。

我不得不感慨这个世界真奇妙！就在爸爸决定要卖掉一部分公鸡和小毛团的前一天，小毛团下了第一颗蛋。我和弟弟都激动万分，就像它刚下了颗金蛋。

隔了一年，爸妈又抓回一批小鸡，等这批小鸡长大后，它们的命运自然也是公鸡被杀掉或卖掉，母鸡留着下蛋。而小毛团它们那批母鸡因为产蛋率下降，也面临被处理的险境，小毛团却被破格留用。因为它是母鸡中的“战斗鸡”。它是只晚熟的母鸡，一旦下了蛋，恰如滔滔江水，源源不断，产蛋率和刚下蛋的母鸡不相上下，它表现如此良好，爸妈自然也乐意留下它。当那批后辈母鸡都很少下蛋，被主人处理，它仍然能坚持隔一天下一颗蛋，而且下的鸡蛋越来越大。后来，就连父母都惊讶它的产蛋量，舍不得卖掉它，它成了我家养的元老鸡。

最让我和弟弟欣慰的是，小毛团没有小鸡熬成鸡婆婆的霸道，有新一批的半大鸡被放进鸡舍，它非但不欺生，还以它的威望维持秩序。再后来，小毛团下的蛋也少了，但它依然发扬着生命不息、战斗不止的精神，我们全家都被它感动，没有人再提要处理它。小毛团就这样成了一只长寿鸡……

小毛团老死后，我们把它埋葬在一棵树下。

发表于 2014 年 5 月 16 日《北方新报》

新鞋子，旧鞋子

父亲的脚是弓形的，而且宽度有余，长度不足，买鞋得买大号的。这是因为他小时候穿小鞋长成这样的，这可不是奶奶故意给她儿子穿小鞋，那时候，太穷了，要穿好几年的鞋却没材料往大了做。父亲的脚还喜欢穿软底的鞋，这也是小时候的苦日子留下的印记，父亲说他上中学之前，夏天，放学放假是不穿鞋的。

父亲工作后，在好多年里，那微薄的工资既要抚养我们四个儿女，又要赡养双方父母，还要接济弟弟妹妹，穿鞋也得新一年旧一年缝缝补补又一年。

我上五年级时，父亲就是我们班的数学老师。有一次，县教育局长要带领盟教育局的领导来听父亲的课，虽然父亲对听课并不紧张，因为常有老师来听他的课，但母亲还是觉得父亲应该在衣着上表示对这次观摩课的重视，父亲脚上穿的那双旧鞋就进入了母亲的视线，母亲这次不顾父亲的反对坚持给父亲买了双黑色华达呢鞋。

那天，预备铃响过，领导们已经搬着板凳坐到了教室后面，同学们也似乎习惯了这样的阵仗，坐姿笔直，不大惊小怪，不交头接耳。父亲踏着开课铃声走进教室，父亲的脚迈上了讲台，忽然，教室里爆发出同学们的惊呼："刘老师穿新鞋啦！"

父亲没被同学们的惊呼惊到，他说："老师今天不仅穿了新鞋，还要给你们讲一种新的应用题……"

那节课，父亲依然挥洒自如，讲得生动有趣，同学们互动活跃……课后，领导们一致表示，刘老师的数学课，能激发孩子们学习数学的兴趣，自然就想学，也能学会了！

父亲是优秀的数学老师，一道题他能找出几种算法，但在生活中，他却很死板，再拿鞋来举例说明，他说："10 元的鞋，和 100 元的鞋、1000 元的鞋不都是鞋吗？鞋，穿着合适就行，干吗非要多花十倍百倍的钱买那贵的。"

我们和他讲解一分价钱一分货的道理，他不接受。他说："我当了半辈子老师，用不着你们给我上课。"他反过来又给我们上数学课："一双鞋的钱买十双鞋，那一双鞋再好，能穿过十双鞋？"

弟弟工作了，他回家探亲，临走，到商场买了一双新皮鞋，顺手要把回家时穿的那双旧皮鞋扔掉。父亲急忙拦下那双鞋，他仔细检验，认定这双鞋还好好的，怎么就不穿了呢？要弟弟带回去穿，弟弟不肯，说："到火车站我就扔了。"父亲就留下自己穿了，还要补上他的教导："一个人在外，该花的要花，但也不能浪费……”母亲马上说：“老头子，你还是数学老师呢，你也不算算，咱孩子工作才半年多，回家就给你买了台冰箱，要是他浪费，能省下钱来给你买冰箱？”

之后，弟弟回家探亲，买吃买喝，还要陪父亲上演一出父亲抢救儿子“旧鞋”的戏，直到弟弟要被公司派到国外工作，弟弟说：“老爸，我到国外工作这几年，旧鞋就不能给您寄了，国际快递按克收费，一双鞋加上包装，快递费可比买双新鞋还要贵。我会谨记您的教导，把我国人民勤俭节约、艰苦奋斗、吃苦耐劳的优良传统带到国外，省下钱多给您打国际长途。千万要防备电信诈骗，买电子产品时，一定要提前和我商量，拿不准，我就在网上给订……”

父亲连连应承，成了个听儿子话的老人……

去年父亲节，我给父亲买了双新鞋，父亲没责怪我乱花钱，趁他穿上新鞋出去买菜，我又自作主张表现做女儿的勤快，帮父母整理擦洗床底下放的鞋。结果呢，把父亲喜欢穿的一双旧鞋给处理到了垃圾桶。

父亲找不到那双鞋，知道那双鞋是找不回来了，只是对我说：“你以后扔旧东西时，我过目一下。”父亲真的老了吗？我多么不想承认父亲老了。不经意间，他不再严厉地批评我们，他的腰板不再挺直，他的脚步也迟缓了……

要过父亲节了，我想再给我的父亲买双鞋，虽然我知道，要按数学的方法计算，我此生欠他的太多太多，哪能用此来偿还！

发表于 2015 年 6 月 1 日《北方新报》

城外人家

这是座小城。六七丈许高、宽约四五尺的夯土城墙围成了方圆几里的小城，城墙上面有瞭望的垛口，东西南北城门洞是青砖砌成的，城门洞很宽，能并排走两辆胶皮轂辘大车。这厚重的黄土城墙围成的小城就是新中国成立前的凉城县城。后来，城墙和城门失去了它原有的功能，那厚厚的夯土城墙渐渐流失在岁月里，城门也消失了，但人们还是拿它来指代方位……

刚建国那会儿，住在城内的人家都能数得过来，出城，北门外和东门外是大片的田野，其间荒草丛生，不时有狼出没。南门外有大面积的湿地和清冽的水泉，水泉旁住着两户人家，是魏家和张家。西门外伫立着一处院落，这是郑家。想在城外看到第四户人家的炊烟升起，鸡犬之声相闻，就得到远处的村落寻访……

南门外魏家和张家的日子比较殷实，土改时被划成了地主。

魏家姑娘和张家儿子当初在县城是风云人物。魏姑娘长得漂亮，还是位女学生，是朵县花，听说后来她到包头读书，当了医生，嫁给了外国人，跟着丈夫到了国外。

这段耳闻的历史后来我有了佐证。那是1980年的事情了。暑假结束，一开学，就听家住南街的同学兴致勃勃地给我们讲述遇到外国人的新奇趣闻。说暑假有户姓魏的人家，来了两位白皮肤褐色卷发亲戚，是两位十七八岁的姑娘，穿的是裙子，那裙子真好看，比电影里的还好看……不只是裙子，裤子也不一样，哪哪都不一样……她们走到哪儿，除了魏家人陪同，身后还有不少自愿随行的孩子……同学还指给我们看证据——瞧见没有？那个穿着花格子衬衫的女生就是魏家的，她的衬衫你们没见过吧！于是，身着外国衣裳的魏家女孩一时间被同学关注……

张家有个儿子是父亲的师兄，还是学校篮球队的主力。学校要组织球队参加各种比赛，里面总有张师兄。同学很是羡慕张师兄，要能打一手好篮球就好了，不仅能为学校争光，受同学们的仰慕，还能跟着教体育的才老师出去吃好的。那时候，父亲有个心愿，就是能进校篮球队，和张师兄成为队友。张师兄读了小学就再没读下去。不知是因为成分的原因，还是别的什么原因。父亲虽没能和张师兄成为队友，却因此培养了打篮球的爱好，没打出什么名堂，后来当了老师，在学校间的教职工友谊比赛中，也终于成为代表学校参赛的主力队员……

西门外的郑家很穷，但人丁兴旺，郑家的几个儿子都是身强体壮的好劳力，垒起了高高的院墙，独门独院，日子却也过得自在。有土匪的岁月里，土匪不知是嫌他家不值得动手，还是担心动起手，郑家劳力多，占不了多大便宜，也没人招惹。

1958 年集体化，成立人民公社，凉城县就出现了钉子户，反对加入人民公社，

这钉子户就是郑家。郑家大儿子带领他的一家坚持单干，因为他是贫农出身，也拿他没办法，只好由着他一家自种自收，缴纳公粮后余粮自家支配。郑家因此在县里名噪一时……

郑家的二儿子考取了师范，毕业分配到包头。他爱说爱笑，嘴没把好关，1957 年被划成右派，遣返回乡，又成了农民。

陪他一起回乡的还有新婚不久的妻子。有人打趣他，你成了右派，怎么还乐呵呵的，不扫兴啊？

他笑答："扫兴也是一天，高兴也是一天。干吗要扫兴？不就是种地吗？咱庄户人出身，还怕种地？一样能吃饱喝足，干啥不是一样的？"

听父亲说，70 年代末，父亲见到他，依然谈笑风生。后来他的问题得到平反，他和妻子回到包头工作，补发了二十几年工资。

之后，我们也随父母从乡下来到县城。人们说明方位，还是说：某某人家住南门外，某某单位在西门外……我还纳闷，我怎么没看见东门西门南门呀?! 但这念头只

是一闪而过，我也是跟着这样叫……

又一个三十年过去，县城扩展了一倍又一倍……过去的南门外东门外西门外如今是城里的城里，成了中心区域，我才从父亲的回忆里得知了那些方位地名的由来，还有那住在城外的三户人家的故事……

发表于 2015 年 4 月 1 日《北方新报》

传家宝

我们家的碗碟，大中小型号俱全，花色也多，不过我们家过去可不是卖瓷器的，究其原因，是父母为培养我们几个孩子做家务的良好习惯而作出的付出——打碎碗碟的学费。尤其是我看不见后，更是允许我把厨具当作做家务的试验品，因为每次打碎的碗碟都是不同种类的，那碗儿碟儿们呢，种类渐增，总量却增速缓慢。

那天整理橱柜，一个坛盖揭开，几个长相不同的粗瓷大碗安静地在里面休眠。轻轻地捧出它们，像捧出一摞珍贵的出土文物，最下面那个碗上一排粗壮的黑体字唤醒了我的记忆。

那是三十年前老家的夏季商品交流会，大街上商贩云集，人头攒动。弟弟跟着父亲也上街逛，回家后父亲边指挥弟弟把他们怀里抱着的瓷杯、瓷碗放到桌子上，边向母亲炫耀："瞧！这些瓷杯、瓷碗，每个才一毛钱，瓷杯还配有盖子，挺便宜吧？"话音未落，弟弟怀里的一个瓷碗还没等转移到桌子上就掉在地上，摔碎了。母亲嘴里说着"碎碎平安，岁岁平安"，一转身，左手就有了簸箕，右手里的扫帚哗啦啦把瓷片往簸箕里扫。瞧着桌子上的三个瓷杯、三个碗，母亲接着“教育”父亲：“你怎么连常识都不懂，茶杯一套是六个，哪有买三个的？咱家六口人，怎么一次不买六个碗？”弟弟替父亲辩解：“爸爸知道要买六个，他是买了六个杯子、六个碗的，路上打了三个杯子、两个碗。”母亲又“教育”父亲：“那你打算买瓷器，怎么不拿个袋子装？狗熊掰玉米！”——说着她自己先笑了……

这几个茶杯和碗，唯有其中一个碗逃出了我们的“小魔爪”，幸存下来，就是印有“某某国营食堂”的粗瓷大碗，且很长寿地至今健在。不过，因为它太大，父母就让它退休了。

一次家人团聚，边吃饭边聊天，电视里正播放一档《献宝》节目，弟弟看着电视里一位仁兄抱着一个瓷器请专家鉴定，就压低声音问：“老爸老妈，咱家有没有传家宝？”母亲说：“有啊！咱家的传家宝就是你们！东西是身外之物，生命是最宝贵的，儿女就是宝！”弟弟说：“咱家虽然没有什么家底，可好歹也要有个值得传下去的物件吧？我提议：“就定那个国营食堂碗为传家宝吧。它该称得上咱家保存最完好、‘年纪’最大的碗了。而且它上面还有反映年代特点的标志性名称。你们同意不同意？”大家笑喷了饭。弟弟却不笑，他郑重宣布：“既然没有反对意见，就这么定了。为了让它的年代更久远，作为它的保存人，老爸老妈——你们必须负有长寿的责任！”

发表于 2016 年 1 月 20 日《北方新报》；

2016 年第 8 期《盲人月刊》(卷首语)

第一次看春晚

我第一次看春晚是在 1984 年。我们家的第一台电视机就是为了看春晚买的。

那时候我们住的那排家属院只有杨广德和张建峰家有电视机，他们两家就成了家属院的公共放映室，《上海滩》、《霍元甲》……令我们这帮孩子趋之若鹜，电视银屏前一群小伙伴眼似金刚，不动不摇，在教室里哪里会有这等表现！

张建峰两口子都是老师，又是和父母一个学校的，还是我们的邻居，于是我和弟弟晚饭一扒拉下肚，拔腿就进了隔壁，不用主人让，自己搬个凳子，在电视机前坐定了，一坐几小时，目光依然炯炯。但除夕那晚例外，父母明令我们不能去，合家团圆了，要吃年夜饭了，这时候还串门子，那也太不把自己当外人啦。

1983 年央视第一届春晚播出，张老师夫妻俩都是音乐老师，他们对春晚的感受就愈加生动，正月串门，他们的复述也恰如一场表演，我们更加眼馋，啥时候我们也能看到正版的春晚呢？可，就是我这个不当家的，也知道父母要供养我们四个孩子，还要赡养爷爷奶奶，还得接济舅舅……父母每月的几张大团结就现在的用项分配起来已是一道复杂的数学题，电视机想挤进来分一杯羹，难啊！

我和弟弟照旧每天去张老师家看电视，回家后还念念不忘，抢着讲剧情，我们没有提出让父母买电视机，但我们一说到电视，眼睛里迸发的熠熠光辉亮得父母不忍多看……

眼看到了年底，大人们置办起年货，他们一下子花钱大气了，平时省吃俭用好像就为了过年花的，这也是我小时候最大的梦想就是天天过大年的原因。一天晚饭后，父母叫住了又要跑出去看电视的我们，很郑重地说要开一个家庭会议。我和弟弟刹住了脚步，这可是父母第一次让我们参与家庭事务的重要决定啊。当父亲说出要在年前买电视机的提案，立刻全票通过，我和弟弟举双手赞成。但我们高兴得太早啦，真正的议题在后面呢。父亲说，买电视机还差200元，他已经和五金门市部的经理谈过了，经理答应父亲先把电视机抱回家，余款一年内分期还清。这样，家庭的每个成员都要定一个省钱计划……家长就是家长，父亲从散发烟草味的上衣兜里掏出一包烟拍在桌子上，粗糙的手指摩挲过劣质烟盒，刺啦啦地摩擦过我的耳膜，就听他宣布："我戒烟了！"这句宣言真如一声春雷！他缓缓松开烟盒，因长年吸烟熏黄的食指和中指灼烧着我的眼睛，眼前变得雾蒙蒙的，好像父亲又在饭后点燃了香烟，悠然地吐出一个个烟圈……父亲的烟瘾很大，每天要抽两包香烟。

父亲一星期要讲四十节课，咽喉的超负荷运动让他患上慢性咽炎，母亲曾在他咽炎发作时多次劝他戒烟，可他炎症一下去烟瘾又上来了。父亲的带头表态鼓舞着我，我一激动，也表态："那过年时，我不要新裤子了，妈妈的咔叽布裤子翻新，改一改也像新的。"母亲笑了。

抱回电视机那天，我们家就像提前过年似的。张老师当仁不让成了技术指导。因为父亲在县里是有名的好老师，五金门市部经理让我父亲抱回了两台不同品牌的14英寸黑白电视机，让我们试看，哪台效果好就留下哪台。张老师和其他几个邻居帮忙在房前的院子里竖起了一根高高的杨木，上面架上天线，张老师在房顶调试天线的方向，我们跑出跑进报告电视画面的效果，出现最佳画面时，张老师才固定住天线。

选择也难啊。两台电视机的效果差不多，我记得一台是江苏无锡产的红梅牌电视机，一台是内蒙古电视机厂产的天鹅牌电视机。由于张老师经常鼓捣录音机、手风琴，还会弹钢琴，我们就认定他是这方面的专家了。最后还是张老师拍板："就买'天鹅'吧。这是贵重东西，万一出了毛病，'天鹅'的厂子就在咱们内蒙古首府，离咱们县也不远。好修。"

这年春节时，我们家真的如同飞来了一只天鹅，我和弟弟在小伙伴面前也趾高气扬的，好像自己也成了天鹅。1984 年的春晚如期而至：相声《宇宙牌香烟》，歌曲《请到天涯海角来》、《回娘家》、《阿里山的姑娘》、《我的中国心》，小品《吃面条》……

第一次看春晚的记忆就这样刻录在了记忆里。

发表于 2014 年 2 月 10 日《内蒙古日报》，原题目为《春节飞来的天鹅》；2016 年第 4 期《盲人月刊》

对珠眼

“对珠眼”是一个人的外号，他是我姥爷村的，他一出生，眼珠朝一个方向转，于是，“对珠眼”便叫开了，而真名“郭大明”只有老师才叫。

对珠眼的对珠只是个小毛病，他的视力很差才是重点，小时候他没意识到，照样和村里的孩子调皮捣蛋，村里人也不把他当盲童。在村里，大仓娶了外村先天失明的媳妇，就住我姥爷家房后，新媳妇两眼一抹黑，啥也看不见。还有东边金星大队一个孩子，也是啥也看不见，白天黑夜一个样。乡民以为，这才是盲人，能看见的，就不是盲人，所以，他们没有把对珠眼当盲人。

对珠眼到了上学的年龄，就和同村的孩子一样背起书包上学堂。这时，人们，包括他自己才清楚他的视力差劲得很：他看书，几乎要把书贴到脸上，为了让他看见黑板上的字，老师不仅要让他坐到第一排，且要把字写得大大的。幸运的是，老师还是没有把他当瞎子，没有让他退学。在老师和村里人看来，大仓家的盲媳妇都能做针线活，家务活一点不碍手，一连给大仓生了五个娃，有男有女，个个健康聪明，五个孩子出来，干干净净。对珠眼能看见，上学也就不成问题。那回，县里来的民政干部陪同大城市盲校老师招生，把金星大队那个盲孩子领走了。来到村里调查，村干部和村民都说我们这里没有盲孩子，如今学校要是不接收对珠眼，对珠眼成了睁眼瞎，可不是大伙儿耽搁了这娃？这朴拙的认识挽救了对珠眼的自信。对珠眼也不觉得自己是个瞎子。听惯了“对珠眼”的称呼，老师第一天点名，叫到他的大名“郭大明”，他还以为是叫别人呢！

对珠眼聪明好学，村里一起长大的玩伴有的只读个小学就回家务农了，因为没考上中学，对珠眼却一路顺利考学，还到县城读了高中。进县城读书，假期回家，村里人看到对珠眼鼻梁上架了副眼镜，人们啧啧称奇，那眼镜片真厚啊！比下放右派戴着的眼镜还要厚。村里人认为，戴眼镜的都是有学问的，那对珠眼的学问一定也不浅了。

对珠眼高中毕业那年，赶上了“文革”，大学停止招生，他回乡了。他本就是山村长大的，许多城里的同学不也得上山下乡？可，当他真正抡起锄头，埋头干起父辈的营生，才发现，他真是百无一用。一锄头下去，本该锄去杂草，他却把麦苗锄去了……

队长不敢让对珠眼下地干活了，他下地，这不是添乱吗？对珠眼无事可干，挣不了工分，大小伙子了，却要吃闲饭，想受苦都受不成，这苦就累加到了精神上，白天他不敢出门面对乡亲，好像他欠了全村人的债，夜里，他像个幽灵在村里游荡，他以为自己隐没在了夜色里，然而，月亮看见了，乡亲们看见了。他那瘦瘦高高的身影，像一株移动着的向日葵，出没在田间地头，只不过，他的头是向下的。他常常跌成个泥人，碰得鼻青脸肿才回家。

村里人不无担忧地议论，对珠眼这娃不是精神有毛病了吧？对珠眼的父母求队长给娃儿好赖派个活干，队长思来想去，对珠眼在村里是数得上的文化人，当个民办教师没问题，可村里的小学已经有了民办老师，队长就去找大队支书……

于是，对珠眼成了元山大队小学一名民办教师，和我母亲做了同事。我哥和姐当时在我姥姥家上幼儿园，节假日，母亲接哥哥姐姐回家，他们就在学校院里自由活动。

星期天，办公室的门还开着，咦！还有位老师在办公！这位老师趴在办公桌上，像鸡啄米脖子弯下，下巴颏就要挨着书了。这不是对珠眼吗？村里人都知道。

哥哥姐姐知道办公桌上有一大盒子圆圆的棋砣子，有红色的，有黑色的，爸爸抱着他们看过老师玩，说是下棋。今天机会来了，平日占着那些棋砣子的老师不在，那些棋砣子还在。哥哥姐姐就爬到椅子上，爬到桌子上，用红的棋砣子黑的棋砣子盖起了房子……不知过了多久，哥哥姐姐朝对珠眼那边瞄，对珠眼却不朝他们这边看，连头也没抬，哥哥姐姐一人手里攥了个棋砣子出了办公室，回头一瞧，对珠眼的屁股粘在椅子上，头还像鸡啄米低着。哥哥姐姐跑回家，伸开拳头，向母亲展示胜利品，说，妈妈，盒子里有那么多那么多的棋砣子，我们拿了两个，对珠眼一点也不知道。母亲说，这是象棋，少一个都不能玩了。你们给放回去。姐姐扭着身子，哥哥不动，说，我们就玩一小会儿。母亲说，想当好孩子，就送回去，还想玩，先问问老师……

当然，哥哥姐姐把两个棋砣子放回盒子里，对珠眼还是屁股粘在椅子上，头依然鸡啄米似的低着。

上课了，校长又在校园巡视，已经有好几次了，校长看见对珠眼班的学生一个接一个从教室后门出来，校长觉得蹊跷，学生都是跑校回家吃饭，也不可能集体拉肚子啊！

校长的侄儿就在对珠眼班里，校长到弟弟家一问，原来事情是这样的：班里有些顽皮的孩子发觉对珠眼老师根本看不见他们的小动作，他们便不安分，发现从后门溜走，老师也不知道，就常常溜出去玩……

开会时，校长作了不点名批评，强调老师要注意课堂秩序，管理好学生……

期末公社统考成绩出来，对珠眼班学生的成绩一塌糊涂，校长向大队支书诉苦，对珠眼连学生跑光了都看不清，肚子里再有学问有啥用？类似的话支书早已听了两耳朵，张三家吃顿油炸糕，一顿饭没吃完，村里人就都闻到了。支书还听说，对珠眼发神经的老毛病又犯了，这回还是一双，他老娘成天像个尾巴跟在他屁股后头……支书旱烟吸了一锅又一锅，说，看这情形，对珠眼是教不了小娃儿……校长心头一松，又一紧，那，对珠眼以后怎么办？校长的话一出口又有点后悔。支书说，老天爷饿不死瞎家雀。我就不信他教不了书，教不了小娃娃，教中学的大孩子……

这样，对珠眼到了元山大队的农中当了民办中学教师。这回对珠眼终于没让支书看走眼，对珠眼教不了小学，教中学却是好老师，几年后转正，成了公家人的对珠眼，媒人也找上门给他提亲……又是几年过去，在美丽贤惠的妻子支持下，他不仅啃下了师大中文系本科文凭，还一路带着妻儿，调到乡中学，再调到县一中，教了初中，教高中……

我上中学那年，也是对珠眼刚调到县一中的那年。在校园里，我们不期而遇。迎面走来的瘦高个儿，阳光照着他的眼镜片，眯缝着眼睛向着太阳微笑的，不正是那个听说乡长见了他，都要先和他打招呼的对珠眼吗？我们就要擦肩而过，一声“郭老师”脱口而出。

写于 2016 年 5 月 27 日

耕读教师

最近，我和父母聊天，说起了四姥爷。四姥爷是母亲的四叔。母亲说四姥爷新中国成立前读过私塾，大跃进时当过几年耕读教师。这是我第一次听到“耕读教师”这个名称，以前听说过民办教师和代课教师，耕读教师是怎么回事呢？

父母回忆，那是大跃进时期，农业集体化了，成人集中起来劳动，教育战线实施适龄儿童义务教育的政策，为了让孩子都能就近上学，村里原来没学校的也办起了小学，学校既然办起来了，就得有教师啊。可没有那么多公办教师可分配，于是产生了耕读教师，又叫“小民办”教师，这是相对于民办教师而言的。人们常说的民办教师当地人也叫“大民办”，是大队聘用的。小队办起的小学就是耕读学校，小队给耕读小学聘用的老师就是耕读教师。

四姥爷所在的凉城县三苏木公社四号村原来没有小学，1958 年建立了耕读小学，读过私塾的四姥爷就被小队长相中，让他来当耕读教师。

四姥爷还是很喜欢这份工作的，当了耕读教师的四姥爷可以名正言顺地不用下地干活了，他在四姥姥面前也有了威风。晚上，四姥爷自我感觉身份不同了，盘腿坐到炕上，捧着一本书备课，等着四姥姥把饭端上炕桌……

还有一件事能证明四姥爷很乐意当耕读教师。最初小队要办小学，可没教室。四姥爷就把自家的房子腾出一间当教室。后来教室才搬到了小队部。

我们得承认，念过私塾的四姥爷对教育是很感兴趣的，也是乐此不疲的，但他没学过现代教育理念和教学方法，他教的又是复式班，同时要教几个年级的课程，而且是语文、数学、音乐等全科教学，这就难为这位老师了。

四姥爷大约也是想改进他的教学管理方法的，他没有沿用过去私塾先生用的管理惩戒学生的器具——戒尺，可天性好动的孩子，而且昨天还在田野里撒欢，今天把他们圈进教室里，年龄还参差不齐，课堂秩序怎么维持呢？四姥爷又不肯动用戒尺，他就用上了哨子。孩子们叽叽喳喳地叫闹，哨子一响，教室里暂时安静了。

可怎么能吸引同学们好好听完他的课呢？据说过去的私塾先生先是让学生背书，像《三字经》、《百家姓》等，书本换成了新课本，四姥爷总不能也让同学们先把书背会吧。他就给孩子们讲故事，都是些传统故事，有传说，有他在古籍中读到的。这样一来，孩子们不再闹哄哄的了，都变得专心了，四姥爷也有了用武之地……可家长们不满意了，虽然那时的家长没有像现在这样重视孩子的教育问题，但既然把孩子送进了学校，不能给家里挣公分儿，那就得学到真本事——得能写会算……可孩子们回家讲给大人的都是些故事，村民们也有意无意地路过教室，旁听四姥爷的课，俺们孩子成天坐到教室里，只学了几个字，算了几道题，就听故事了。这样下去，俺们孩子能学多少知识？

于是乎，四姥爷眼睁睁地看着他的学生开始流失，不过，让他稍觉安慰的是，那些流失的学生一般是年龄较大的，不是辍学，而是选择到附近大队设立的公办学校去就读，那里既有公办教师，也有民办教师。

几年后，不少小队办起的耕读小学又纷纷关闭，大部分当时启用的耕读教师包括四姥爷被解聘，重新干起了农活。

四姥爷虽然没了耕读教师的身份，继续回去耕地了，但他依然在农闲时研究他的《易经》，十里八乡的老乡，遇到婚丧嫁娶、起房盖屋等家庭大事，都喜欢找他。

发表于 2014 年 11 月 28 日《北方新报》

浪子回头

母亲在街上偶遇老同事王老师，她也退休多年，又多年不见，积攒了许多情况要相互了解……母亲一回家就感慨："真是山不转水转，你们猜王老师结的亲家是谁?"我们猜不出，其实，答案母亲早就想公布了——就是父母过去租房时房东的儿子绪绪。

绪绪的父母都是老实巴交的庄户人，绪绪弟兄三人，绪绪的大哥"大跃进"时包头招工当了工人，成了城里人。二哥从小就老实，房东也放心，就是老三绪绪让他们头疼，调皮捣蛋，喜欢掏个鸟窝捉个麻雀，还喜欢和村里的孩子打仗，且打出了村子，常有小孩子的父母找上门算账。房东最生气的是家长找上门不光是来让他们责罚绪绪的，更要紧的是让他们赔偿损失。孩子们打仗挂了花、扯破了衣服，账都算到了绪绪这个"司令员"头上，对贫穷的农家来说，绪绪就是个败家子。

后来，没人上门来算账了，房东还以为绪绪被他管制住了，消停了。一天，村里有个人急火火找上门，问他家绪绪把他家憨憨藏到哪里去了，憨憨一晚上没回家。

房东这回理直气壮："我家绪绪又不是人贩子，藏你那个憨儿子干吗？他就是喜欢玩打仗，平时玩打仗，你家憨儿子想玩还不带他去呢。"

憨憨的父亲也拿不准了，难道怀疑错了？就在大人说话间，绪绪一溜烟跑了……

一会儿，憨憨的母亲也来了，她说憨憨回来了。房东还没松口气，憨憨的母亲就发来了连珠炮："你家绪绪让我们憨憨当啥侦察兵，还说啥让他埋伏在树洞里，不让他出来就别出来，我家的憨儿子就真的一晚上钻在树洞里没回家……"

接下来，绪绪又吃了顿饱揍。绪绪就在这样的锤炼中长成了个大小伙子。他体格健壮，出身贫农，就参了军。

穿了军装的绪绪更威武了。他从村里人面前走过，人们的目光里有了羡慕。

绪绪回家探亲，众人围着他，问部队的生活，首先关心的是他的兵种，绪绪好像要下一个重大的军令似的，说出"通信兵"。通信兵是干啥的？村里人都说不上来，人们让绪绪讲讲通信兵训练什么？打仗时干什么？绪绪一句"这是军事秘密"，把众人的口都封住了。

有对绪绪的军装太喜欢的，把鼻子都凑到了绪绪身上，就闻到一股猪食味，便问："绪绪，你身上怎么会有股猪食味？"

绪绪说："怎么可能？我回来时洗过的。"接着，他补充，我们通讯班挨着饲养班，旁边就是个养猪场。大家的注意力于是被转移，又询问起军队的养猪场和村里人养猪是不是一个养法。

这回绪绪有了话头，大家也没在意，还以为他出身农村，没有忘本，聊些乡亲们熟悉的事情。

绪绪在部队当兵已经几年，也到了谈对象的年龄，按说，以他的出身和解放军身份，想找他的姑娘不少吧。其实不然，村里有姑娘的人家，都还记得他小时候的顽劣，家长们把“三岁看大，七岁看老”当作了真理，一下子把绪绪的未来给看没了。

房东就让我父母帮忙给绪绪介绍对象，说我父母是当老师的，教过的学生多，绪绪这几年在军队里，早就锻炼得不是过去那个浑小子了，吃苦能干，即使以后复员了，哪个姑娘跟了也不会让人家受罪。

父母也的确不把一个男孩子的顽皮当作顽固不化的毛病，他们认为男孩子顽皮是很正常的，便当起了介绍人。恰好，母亲的一个本家嫂嫂也找到母亲，让我母亲给她女儿玲介绍个对象，我父母一商量，觉得这对年轻人般配。绪绪再次探亲时，就安排两人见面，两人都没意见，绪绪回到部队后，还常鸿雁传书，给玲写信……

接下来，就是父母做证婚人，两人订婚。这在农村，虽然没领取结婚证，也相当于公开了两人的对象关系。父母也为他们首次当介绍人就成功而高兴，就等着喝这对年轻人的喜酒了。

忽然有一天，玲哭着跑来说要退婚。我的父母慢慢追问，玲说那人是个骗子！原来绪绪当的不是通信兵，他在部队里，是个喂猪的。父母也认为不诚实是说不过去的，他们不再替绪绪辩解，他们可不敢给玲的一生幸福打保票，答应玲帮她解除婚约。幸亏红本本还没扯呢，但来回的说服和退还物品也够让我父母操心受累了。要把绪绪给玲的信退还，还有绪绪家送玲家吃的喝的，绪绪给玲买的衣服，已经吃了穿了，没法退了，我的本家舅舅也是种地的农民，一是没钱可赔，二是觉得受骗了，还觉委屈呢，哪里肯赔钱。父母就自己掏钱给了房东。

这也成了我父母唯一当介绍人的经历，后来他们就不敢给人介绍对象了——人家当媒婆是挣钱，他们是赔钱啊。

后来，我父母因工作调动搬走，绪绪复员后还到过我们家。之后，我父母又调动到别处，就和房东一家失去了联系。

现在该转回到王老师儿子的亲事上了，王老师的二儿子和绪绪的二女儿恰好在一个单位工作，两人对上了眼，谈了恋爱，就结婚了。最令我们感兴趣的不是这对年轻人的相遇，而是绪绪。算来，他也是个老人了，就算定型了。他过得怎么样呢？

绪绪刚复员，身上的绿军装也脱下了，又回家抡起了锄头，好姑娘更不愿意嫁给他。后来农村实行包产到户，可以自主经营，他有了用武之地，除了种地，还养起了猪，因为他过去当兵时就是个饲养兵，有功底啊。有了钱，自然砖瓦房也盖起来了，老婆孩子热炕头就是很平常的生活了。

王老师满口称赞亲家，夸绪绪淳朴实在，说绪绪常常进城给女儿女婿送农产品，她还到过亲家家里做客，住得好，吃得好，空气也好，那日子过得，比在城里还要舒坦……

王老师对绪绪的评价好像给母亲吃了个定心丸，也解开了母亲多年的一个心结。母亲喃喃："那就好，那就好！"

发表于 2015 年 12 月 18 日《北方新报》

马蹄表

那一年，我们家因父母工作调动从乡里搬到县里，弟弟刚好是上幼儿园的年龄，于是父母每月交两元钱送弟弟到幼儿园接受正规教育。

弟弟每个月会去幼儿园待上几天，回到家里他把老师教的儿歌学会后，就不肯再到幼儿园。为了不让父母强行送他回去，他很有创意地搬来板凳，先爬上柴火房，再上粮房顶，站在房顶上背诵儿歌，邻居们听了啧啧夸赞，为弟弟和父母说情:“小孩子，学会就让他玩吧，再去重复同样的内容，还不把孩子憋闷坏了。”就这样，弟弟用智慧争取到了自由。

弟弟有了时间寻找令他好奇的好玩东西。那个摆在大红柜顶上的闹钟进入他的视线。它的形状像马蹄，俗称马蹄表。太神奇啦！父母戴的腕表每天拧紧表盘旁边的旋钮，里面的粗细不等的针会不停地走；马蹄表每天父母上了发条，除了里面的三根针会转个不停，到了固定的时间还会打铃。

一天弟弟感冒了，当教师的母亲摸摸弟弟的额头，很烫。母亲便留弟弟在家休息，答应课间操时到学校巷口的副食品商店给他买橘子罐头。根据以往的经验，弟弟一吃橘子罐头，烧就会退下去。中午，上课的、上学的都回来啦。我马上就发现了家里的异常，那个摆在柜顶的马蹄表不见了，炕上多了个空罐头瓶。弟弟的脸红红的。

母亲焦急地抢上一步：“这孩子，今天怎么吃了橘子罐头，烧还没退？是不是得去医院？”说着她用手心手背来回触摸弟弟和她自己的额头，嘴里喃喃：“不烧啊！”

弟弟嗫嚅：“妈，我想看看马蹄表里面是什么样的，它怎么就能转还能叫呢？可拆了后，我不会装了。”“那马蹄表呢？”母亲问。弟弟从身后拿出一个搪瓷缸，说：“都在这里。”

我们凑上前，哎呀，那个每天叫我们起床的马蹄表成了搪瓷缸里的一堆零件。我看着弟弟想哭的样子，不再嘴馋那瓶没吃到的橘子罐头，开始替弟弟担心，他会不会挨父亲一顿揍？这个马蹄表可是我们家最具有实用和观赏价值的家当。

但父亲没有出手打弟弟，他拿走搪瓷缸，试图把那堆零件拼凑起一个马蹄表，却以失败告终。二十多年后，弟弟成了一名设计安装大型智能中央空调的高级工程师，他也是我们家动手能力最强的。回忆往事，我说：“老爸，幸亏那年您没因为弟弟拆了马蹄表打他，瞧，弟弟给家里修这修那，省了不少维修费吧。”说话间，弟弟抱出那台有了毛病的空气加湿器："老爸，对不起！这回加湿器彻底不能用了。这纯属医疗事故，我赔偿您的损失，给您买个新的。"

发表于 2014 年 4 月 18 日《北方新报》

模范丈夫赵大爷

赵大爷是我父亲的发小，年轻时一直在外地打拼，直到退休后，才与我们居住到了同一个城市。当他们再度相聚时，彼此叫着对方的小名，一个猛子就扎进了几十年岁月汇成的记忆长河里……

我与赵大爷的接触是在我失明后，当时我像个鸵鸟似的躲在屋子里，妄想这样就能与世人隔绝。赵大爷每次来我家，总是说个没完没了，好像和父亲有说不完的话。这可苦了我，想上卫生间，就要经过客厅，就不得不和他打个照面，和他打招呼。而他似乎看不出我的冷漠，总是嘘寒问暖，我要是把自己圈在屋子里不出来，他就向父亲询问我，我想这老头也太……父亲和他通电话，他也要问起我，叮嘱父亲去他家时要带上我。我敷衍地对待他的热情和关心。有一回他把老伴也带来了，赵大娘嗓门很大，一进门就问姑娘呢？好像她和赵大爷是专程来看我的。当我在她对面坐下，问候她，她猛然醒悟般地对我说："瞧我这个瞎老婆子，过来和大娘一块坐……"喝水时，赵大爷把水杯放到她手里，还让她拿好了。我暗自赞叹赵大爷的模范丈夫做得太到位了，就听赵大娘说："你别看他这会儿对我这么好，其实他脾气大着呢。要不是他气的，我的眼睛怎么会看不见。就是他气瞎的，该着他照顾我。"赵大爷也不辩解，依然笑呵呵的……我这才知道赵大娘也是个盲人，而赵大娘一点也不避讳自己是个盲人，很爽朗大方地谈起自己的失明过程，还把自己因为看不见而闹的笑话绘声绘色地讲给我们听，也讲她的旅游见闻……我被她的讲述吸引，原来盲人的生活也可以这么丰富。他们的这次来访可以说是我生活的一个转折点。他们走后，我主动向父亲打听赵大爷一家的事，原来赵大爷的母亲也是个盲人，而且是先天性的。我听后先是震惊，后是恍然，如果说这是天意，那么此时的我愿意接受与赵大爷他们相识的缘分。

打这以后，我成了父亲与赵大爷回忆往事的听众。我尤其爱听赵大爷讲他在20世纪70年代到草原为牧民打井的故事。他们打井队去的是人烟稀少的大草原，那时候的牧民住的还是蒙古包，随着季节的转换迁移，通用的交通工具是马。我问赵大爷会不会骑马？他骄傲地说："在草原上生活怎么能不会骑马？前几年我随着旅行团再到草原，一跨上马背，就来了感觉，一溜烟跑了一大圈，那些小伙子看了都羡慕我的骑术呢。现在牧区的生活完全变了样，住的是平房，用的是电器，骑的是摩托……"赵大爷再邀请我到他家做客时，我也不推辞了。

赵大爷做得一手好菜，我和母亲夸赞赵大爷的菜烧得可口，赵大爷也不谦虚。赵大爷还教给我们很多厨艺小窍门，而对于赵大爷精湛的刀工，父亲称赞的同时还补充道："你那是从小练出来的，我哪能比。"就像父亲说的，因为赵大爷的母亲是个盲人，所以他从小就学会了做饭，还学会了做针线活。为了养家糊口，赵大爷的父亲长年在山区小学任教，赵大爷的母亲住在镇里拉扯四个儿女，生活的艰辛可想而知。一个盲女带大四个孩子，吃的苦不消说，为了减轻母亲的负担，赵大爷很小就学会了很多男孩子不屑去做的细活。后来赵大爷中专毕业后留在城市工作，他的父亲去世，他又把母亲接过来赡养。就冲着出差补助和出差省下来的每月 45 斤供应粮，他长年随着打井队外出作业。想想那时候赵大娘一个人操持家务，抚养三个孩子，还要照顾盲婆婆，也够辛苦的。赵大娘也不含糊，老两口年过半百后提前退休，承包了一家濒临倒闭的小厂子。凭着他们的能力和阅历，他们把厂子办活了，成了父亲发小中的首富。正当他们打算彻底退休把企业交给儿子经营时，赵大娘的视力突然间急剧下降。

赵大娘给自己判断的病因是那些年办厂子没日没夜地操劳，她是会计兼出纳，又费心又费眼，把眼睛熬坏了。赵大娘的视力下降得很快，全国各大城市都去了，各种医疗方法也试过了，依然无济于事，要强了一辈子的赵大娘成了事事需要别人照顾的人。有一回，赵大爷要出去办事，中午回不来，就把午饭准备好，让她中午把饭菜放到微波炉中热热就行了。可到了饭点，赵大娘摸来摸去怎么也找不到饭，她又急又气，给赵大爷打过电话后就开始哭。等赵大爷匆匆赶回家，赵大娘像个孩子似的还在哭。

后来，赵大娘在赵大爷的呵护下，又能谈笑间指点家务。她笑说："我和你大爷年轻时也没拉着手散步，现在要补回来。走在大街上，人们看着这一对老头老太太手拉手，还以为在搞黄昏恋呢。"大伙哈哈大笑，她接着说："再一瞧，肯定是这老头子在追老太太呢！一看这两人的形象，老头子配不上老太太。"大伙笑得更欢。

赵大爷就是赵大娘的眼，说来也怪，赵大爷以前是老花眼，远处的能看见，近处的看不清。他说最近眼睛忽然矫正了，远处的看不清，近处的小字却看得清清楚楚。他说："这是我的命，从小就学会了照顾盲人母亲，母亲去世没多少年，老伴又看不见了。老天爷给我这双好眼，就是让我照顾盲人的。"失明后的赵大娘，眼神迟钝了，神经却敏感了。赵大爷到超市买回用塑料薄膜包装的一捆黄瓜，赵大娘拆开塑料薄膜，一摸，黄瓜有烂的。赵大娘生气了，非说赵大爷欺负她看不见，为省钱，专门买便宜的烂黄瓜给她吃。赵大爷更生气，这不是冤枉人吗？要是图便宜，他就到菜市场买了。他是为了买到品质有保证的黄瓜才去的超市。我说："那您以后买菜也带上大娘，您看好后再让她摸摸，把质检最后一关交给大娘。"赵大爷其实早消气了，他笑笑说："我也知道她有时候心烦，就冲我发脾气。她不冲我发脾气冲着谁发？"

生活的百味充斥着生活中的每一天，丰盈了生活，滋养了人生。七十多岁的赵大爷身体硬朗，带着赵大娘游山玩水。老友们聚会，点名让赵大娘参加，听她的幽默故事。他们让我明白：人生是不完美的，却可以是充实的；人生的路难免苦难，但可以用幽默化解苦难；无力掌控生活的走向时，可以选择生活的态度。

发表于 2014 年第 11 期《盲人月刊》

房后的邻居

老王是我们家的老街坊，他家在我们房后。老王老两口老家在河北，来内蒙古多年，还操着河北口音，我们说的话他们都能听懂，他们说话说快了，我们就不大懂了。他们的孩子出生在本地，和我们说一样的本地话。

老王老伴在巷口对面凉城县一中大门口摆了个杂货摊，县里刚出现个体户时，这摊子就摆在那里了。那时露天的摊位还没流行顶一大遮阳伞，没几年，老王老伴白里透红的脸就黑里透红了，头发却由黑渐白。其实那会儿她估摸也就五十岁。有礼貌的学生买她的东西，就称呼她“奶奶”，她答应着，好像这是抬高了她的身份，要搁现在，要抬高一个女人的辈分，人家还不乐意呢。

起初，是鸡蛋面包让我们对那个杂货摊关注起来。那时候，县里的食品公司和粮站还没自己加工面包，人们想吃那种膨松酥软香甜的叫面包的食品，大多从呼市进货，那是用黄色油纸包装书写着“鸡蛋面包”的价值 2 角钱的长方体。

买面包时，让我注意了王大娘这个摊子的其他物件。

她的摊子不大，摊子上除了日杂物品，还会出现一些小工艺品，这些小玩意常换常新。有一回，摊子上的竹笔筒令我拔不动脚步，我只是在书里见过竹子，我毫不犹豫花一毛五分钱买了一个。

回家后，我把家里所有的笔——毛笔、钢笔、圆珠笔、铅笔装进去，好像有了它摆在桌子上，桌子就是书桌了。

有一年初夏，王大娘把自己家养的花搬出来卖，这是开了县城里卖花的先例。穿街过巷，向敞开的门洞望进去，大大小小的庭院里，总有一丛、一畦的花圃，那花有主人和别家交换来的，有要了花籽种下的，唯独没有买来的。县城里的人们还没适应买花，那花儿每天被车子推到大街上，又被推回去，眼见着它们繁茂起来，却不见人们搬走。只是路过的人会因为那两盆花多瞥几眼小摊，或许因此也就驻足买了小摊子上的杂货……

过了一年，王大娘的杂货摊上多了一种活物——金鱼。一个玻璃鱼缸里游动着红色、橘色、黑色的金鱼。我又被这些金鱼吸引，动了买几条的心思。那金鱼也不贵，一条一毛。可买个鱼缸就是大价钱了。不用问，父母肯定不会答应。一放学，我和弟弟就到摊子前，看它们在水草间游戏，瞧它们吐出一个个气泡泡，那摇头摆尾的样子，煞是喜人。

王大娘说："这些金鱼好养，不用鱼缸也能养。"我们不信。她就让我们到他家里看。果真，她家堂屋里用砖头围起个小池子，池子四周用塑料布兜着水，里面有数不清的金鱼。

于是我们决定用洗脸盆养鱼。我们喜欢红色和橘色的，不喜欢黑色的。我们端着个罐头瓶让王大娘的儿子（我们叫他王大哥）给我们舀颜色鲜艳的金鱼，不要黑色的鱼。但王大哥没听我们的，非要给我们弄一条黑色的鱼进来。他说："要是不要这条，那几条也养不活。"

我们还是坚持不要那黑色的。王大哥说："这俩孩子，这黑鱼有个外号，叫'清道夫'，它专门吃金鱼的排泄物。没有它，没几天鱼缸里的水就污浊不堪，金鱼就活不好了。"我们不服气："那不能换水？"

王大哥不理会我们的反驳："听我的没错。别说咱们是房前房后的邻居，就是不认识的，我也得告诉人家，不能让人家刚买回去的金鱼没几天就不动了。"

还别说，有了"清道夫"，金鱼活得很活泼……

老王的孙子（也就是王大哥的儿子）要上学了，他们很放心地把孩子报进了我母亲带的班级。王大哥两口子在外地打工，小王放学后，就跟着我妈回家，写完作业后回自己家，正好他爷爷奶奶收摊。后来，我们要搬家，邻居们恋恋不舍地帮我们搬东西，王大爷老两口还抹了眼泪……

发表于 2015 年 6 月 12 日《北方新报》

在宣传队的日子

我很崇拜我哥，这种崇拜打我好奇地睁大眼睛打量这个世界就开始了。哥哥太有才了——他能给我讲故事，他手握一个乒乓球拍，一个小小的白色乒乓球在他面前玩得我眼花，他还是公社学校文艺宣传队的报幕员。公社的戏台就在学校家属院前面不远，我虽然看不大懂，但我喜欢去看。因为演员我差不多都认识。特别是每个节目前，都有哥哥出场，他是最重要的，我是这样认为的，要不，为啥每次都是他先出来，演员要等他说完才能出来。

哥哥的嗓音洪亮干净，他说的还是普通话，因为给他上数学课的刘建华是位知青，宣传队的编剧兼导演马莉也是位知青。他们和我一样喜欢哥哥。说哥哥的嗓音是钢音，本来马莉老师是想培养哥哥当男主角的，可哥哥年龄小，演大人不像。就让哥哥担任了主持人的角色，过去叫报幕员。哥哥记性好，马莉让他背的台词他能一字不漏地背出，而且遇到特殊情况，他还能自己临时编词。哥哥在报幕间隙，还是鼓乐队成员，他会敲鼓打镲。

宣传队的主要演员都是爸爸班里的学生，我喜欢听李粉蓝姐姐、李莲莲姐姐唱的，特别是那一句“油花花，葱点点，嫩豆芽芽挑尖尖”，听得我直咽口水。学校里有好几位知青老师，他们都喜欢到我们家串门，我也喜欢到他们的宿舍串门。知青姐姐们都长得很好看，数马莉姐姐最好看，不过，我没和其他知青姐姐说。有一次，马莉姐姐把另一个知青哥哥带到我们家，我没见过这个知青哥哥，马莉姐姐介绍说，他叫韩子荣。哥哥悄悄告诉我们，他是马莉姐姐的男朋友。

宣传队去县里汇演，哥哥当然也去了。回来后，他给我们讲汇演中的趣事，还说参加汇演的宣传队报幕员就他一个是男的，而且是年龄最小的，我就骄傲地在玩伴面前说我哥去县里报幕了……

汇演后，哥哥他们的宣传队受到了各大队甚至其他公社的邀请，宣传队开始巡演。不管到哪个大队，哪个公社，他们的演出都受到农民们的热烈欢迎，虽然没有补贴，但走到哪里，都像来了贵客，给他们吃好的。

有一次，学校的带队老师到县里办事，学校就派马老师带队巡演，那次去的是双古城公社。要开伙了，搞伙食的知道马老师是回族，就提前给马老师开小灶，给马老师做面条荷包蛋，还征求马老师的意见，问：“吃几个？”他顺便问队员：“你们还有谁是回族？”哥哥听荷包蛋可以想吃几个吃几个，就说自己也是回族。马老师知道哥哥不是回族，也没戳穿他，马老师也想有人和他搭伴吃饭。两人就吃开了……

后来，给大伙吃的大烩菜也出锅啦！里面有大块的红烧猪肉！可惜哥哥不能去吃猪肉啦。哥哥说，鱼和熊掌不可兼得。我问是啥意思。哥哥说，就是鸡蛋和猪肉只能选一种吃。我想了想，还是没想明白，要是我，是吃鸡蛋呢，还是吃猪肉？

我也喜欢到教室里看宣传队排练。那些中学生都以能进宣传队为荣。这热闹没看多久，宣传队就解散了。知青们已经开始返城，先是韩子荣回了天津，马莉因为和韩子荣结婚，也跟着回去了。他们走之前，母亲做了油炸糕大烩菜请他们吃饭，还烙了油饼，煮了鸡蛋给他们带在路上吃。

过了些日子，母亲从学校回家，笑眯眯地，手掌一直插在衣兜里，我猜里面肯定是水果糖，母亲捂着，不让它们掉出来。可母亲掏出来的是封信，那是马莉来的信。母亲说邮递员一送到学校，老师们就传看开来，母亲下课后一进办公室，就见一位老师在读信，其他老师一个个泪眼婆娑……母亲也为我们读那封信，那封信的内容我已记不清了，只记得一句：在火车上，摸着您揣在我怀里的鸡蛋，吃到肚里，暖在心里。

刘建华老师回去得比他们晚，刘老师回家过年，母亲还炒了葵花籽让他捎给马莉夫妻……

发表于 2015 年 8 月 12 日《北方新报》

爷爷的本领

在我的记忆里，爷爷在退休前几年是在中学的菜园里工作，实际上就是个拿固定工资的菜农。退休后，他不仅是菜农，还是木匠鞋匠，当然，他一身几职全是为儿孙们服务的。

小时候，我脚上的鞋好像特别不结实，穿着穿着脚趾头就露了出来，要么就是鞋帮开了线。那时候，我会尽量让鞋子穿破在星期日，如果到了星期日，脚趾头上还挂着几根线，我用小手指勾断它们。这样，我就能在星期日找爷爷补脚上的鞋了。我们坐的小板凳也是爷爷的作品。几根弯曲的木棍，爷爷的斧子、锯子、刨子轮番上阵，几个回合，就成了精巧稳当的小板凳。小板凳的一条腿断了，我们也提着找爷爷。父亲也修过一回，因基本功差，给小板凳配的新腿装上去吱呀地响，还能让你坐个屁股蹲儿，从此他很有自知之明地让我们去找爷爷。

我们的肚子一空，也想去爷爷家，尤其是夏秋季节，爷爷在院子里种的果蔬逐渐成熟，爷爷一看我们来了，就钻进小菜园，给我们摘黄瓜西红柿，掰玉米棒……因此，有段时间我以为爷爷后来到学校菜园工作，一是种菜拿手，二是他教不好别的课程。至于最初他怎么当的教师，可能是新中国刚成立那会儿有文化的人太少，识字的爷爷就混进了教师队伍。

记得我读小学三年级时，我们要开设书法课，老师要求每位同学到新华书店买份毛笔字帖。我和父亲要两毛钱买字帖，父亲说咱们不用花这两毛钱，你去爷爷家，让你爷爷给你写，你拿到班里和同学的字帖比，保证不比他们买的差。我不以为然，但还是去找爷爷。爷爷问我要楷书还是隶书？我说就要书店里卖的书法。爷爷研墨铺纸，不一会儿，平时拿锄头斧头的手用笔墨在纸上书写下一个个一般大小工整漂亮的毛笔字。想不到爷爷还会这一手！他的书法竟然这么好！我们的书法课只上了半年，爷爷给我写的字帖也和用过的作业本当废纸用了。年少的我根本意识不到光阴的流逝意味着什么。爷爷随手就能写一手好毛笔字，我想让爷爷再给我写字还不容易？谁承想，当有一天，我怀念爷爷一手漂亮的书法时，他却已溘然长逝，无法再为我执笔挥毫。

我上了初中，读了研究生的哥哥春节时带着我和姐姐弟弟给爷爷奶奶拜年。哥哥拿出从北京带回来的礼物，和爷爷说："读研究生除了不用交学费，国家每个月还给发钱，相当于大学毕业生实习期间的工资……"爷爷为哥哥高兴。哥哥盘腿坐到炕上，给爷爷讲当时的北京、当时的大学……我寻思：爷爷又没上过大学，也没去过北京。可爷儿俩的谈兴很浓，爷爷还不时冒出几句我不懂的文言文。第一次，我从爷爷的口中听到了爷爷的过去——

爷爷年轻时考取了太原美术专科学校，进入20世纪30年代，我的曾祖父因患急症突然离世，致使作为长子的爷爷被迫辍学回家，承担起照顾寡母抚养弟弟妹妹的责任。在战乱年代，爷爷带着全家逃难来到内蒙古，期间，爷爷主要靠教书养活一大家子，这一大家子包括他的母亲妻儿，还有当兵的弟弟留下的妻儿。新中国成立后，因为爷爷画得好，被凉城县文化馆录用，做宣传工作，还兼职当美术老师。机会再次来了，文化馆送他到北京美术学院进修，这一年，他的年龄正好是当年我曾祖父去世时的年龄。爷爷已是几个孩子的父亲，他这次再次为了家庭放弃了深造的机会，想到一大家子人需要他养活，他一走，孩子们就得辍学，作为一个父亲，他不可能以孩子辍学来成全自己的学业。

这是我唯一一次听爷爷讲他坎坷的人生。后来，我的功课紧了，爷爷的身体也大不如前，我们去看望爷爷，他很多时候是在睡觉，嘴里发出呼噜噜的声音，弟弟说爷爷睡觉的样子像只小猫。大约是他这一生太累了，在补觉。奶奶说爷爷醒的时候，还要坚持干活，拾掇菜园子……

知道爷爷去世，爷爷曾经教过的学生有的听到消息主动来参加葬礼，他们谈起爷爷，一致夸爷爷是个好人，即使在当私塾先生时，对那些交不起学费的学生，只要他们愿意来听，他就免费教。学生们无不赞叹爷爷画什么像什么。我相信大伯大叔们的话，可我从未见过爷爷画画，爷爷也没留下任何画作。

我环顾爷爷住的小屋，环顾爷爷忙碌过的小院，我怎么以前就没发现呢？用心去看，他们不都是爷爷用手绘制的一幅幅画吗？即便是凉房，也没有杂乱无章的堆放，墙上钉着的一排排木架，上面摆放的虽是些日用杂物，却很有点陈列的架势。园子里红的西红柿、绿的黄瓜、紫的茄子，还有那沟垄地头散种的各色花儿，墙上屋前那片片深深浅浅的绿意，原来他们的颜色也不是随意的涂抹，而是爷爷的调色板调出来的和谐美。

我的爷爷叫刘绍堂，和作家刘绍棠的名字同音，但他没成为什么“家”，他只是用自己曾经画画的手辛勤地劳作，抚育了一大家子人。

发表于 2014 年 10 月 24 日《北方新报》

千里姻缘一鞋牵

我有双雪地鞋穿了两个冬天，今冬穿着它走了两天，原来很合脚的鞋怎么老是硌脚，我马上换了双鞋，并且要把它扔到垃圾箱。母亲阻拦我，说："这双鞋就是里面的绒毛磨得不平了，外面的翻毛皮子还好好的，把里面的绒毛清理清理，当双运动鞋穿吧。"我说："都什么年代了，还要过新三年，旧三年，缝缝补补又三年的日子？对了，您怎么还留着多少年之前的旧鞋，我顺便帮您收拾收拾，也扔了吧。人家是收藏古董，您和爸可好，收藏了些旧鞋。除了没用，还占地方。"母亲一听就急了，为了挽留那些旧鞋，给我讲述了一个鞋子的故事。

母亲说，小时候姥姥姥爷能送她上学她就非常满足了，那时候真穷，家家都穷。母亲在上学时才把鞋穿上，一放学就把鞋子脱了，赤着脚走路，这样就可以省鞋，磨脚不磨鞋。因为脚不怕磨，磨不坏，而鞋能磨坏。要是到了暑假，她就整天赤脚帮姥姥姥爷干活。有年放暑假，她小心翼翼地把鞋放好，准备开学时穿。可假期过了，到了秋季开学的时候，她却怎么也找不到那唯一的一双鞋。对于一个家徒四壁的贫苦农家来说，如果这双鞋还在，不可能找不到，可鞋就是不见了。母亲沉浸在过去的岁月里，说："那时候家家真叫一个穷，连做双鞋的布料都没有，买鞋更是买不起。做一双鞋能需要多少材料啊！就这也得东拼西凑。"父亲的脚可以为母亲的话做证。为了省布，奶奶给父亲做的鞋总是能穿进去就行了，一双鞋要穿好几年，脚在长，可鞋不长，父亲的脚只好在小鞋中寻找空间伸展，父亲的脚背就逐渐长成了弓形，而且父亲的脚是横向发展。现在父亲买鞋得买大号的，要是父亲选择买长度合适的，鞋的宽度就不够，反正鞋大鞋小一个价。

母亲继续讲述，那年她只得赤脚上学。那时候村子里没有小学，村里的孩子上学要到另外村子里的学校，上学必须经过一个干涸的河沟，里面是乱石和杂草，等她过了那条河沟，脚已经被石头刮破了。她坐在河滩上哭泣，不想去学校报到了，怕老师和同学笑话。可回去还得过那个河沟，瞧着脚底被石头划出的一道道血口子，她又接着哭。哭声引来了在河滩上放牛的一位高年级男生，他看见了她的脚，二话没说就把他的鞋脱下来给她穿。那天幸亏遇到他，不然的话……我插嘴："哎哟，那位男同学是不是干部子弟，村长的儿子吧？要不然他怎么会有多余的鞋？"母亲说："哪儿呀！他家比我家还穷，他家是外来户，连自己的土坯房都没有。他也只有一双鞋，他把鞋给我穿，听说他回家后说给人放牛时把鞋脱下来丢了，因为这还挨了一顿打。后来你姥姥给我把鞋做好了，我才把鞋还给他。”我提出疑问：“那个男生为帮您这个小师妹还扯谎，那他后来是怎么圆谎的？再说，他的脚比您的脚大吧，您穿他的鞋也不合脚呀。”母亲说：“他后来和大人说鞋又找到了。当时我也很奇怪，他个子比我高出一头还多，脚也比我的大得多，鞋却比我穿的大不了多少。”我回头对父亲说：“老爸，妈挺有魅力吧，打小就有男生献殷勤啦。”我又问母亲：“妈，那您后来工作后，有没有和那位男生联系，还人家的人情，也给人家买双鞋？”母亲说：“买了，给他买了不少呢。”我笑：“您是开玩笑吧。老爸怎么会同意！”父亲乐呵呵地说：“怎么会不同意？那个男生就是我啊！”

这可是特大新闻！我说：“你们的保密工作做得真好，原来你们还是青梅竹马啊，我还一直以为你们是工作后认识的。”母亲说：“你爸确实只在我们邻村住了一年就搬走了。后来我们刚巧分配到一个学校……这就是缘分吧。”我说：“怪不得小时候老爸有机会出差，每次回来给您买的礼物都是鞋子。古人说‘千里姻缘一线牵’，你们是千里姻缘一鞋牵啊。”

发表于 2014 年第 9 期《盲人月刊》

窑 洞

在上幼儿园的年龄里，我随父母来到一个叫蓝旗窑的村子，那里四面都是大山，还有许多沟壑，山坡沟壑里有许多窑洞。我们所在的村子是乡所在地，中小学、供销社是平房，没设幼儿园，我就是在山里玩大的。乡里还有许多叫“窑”的村子，什么五棋窑、阳坡窑、后窑、前窑、大刘家窑、小刘家窑等等。

有一年，父亲要在周末到一个学生家里家访，他要劝回家务农的学生家长让孩子回来上学。我也要跟着去。父亲说那学生住在我们家南边，离我们家很远。我望着南边莽莽苍苍的大山，心想：这回我可以到山的那边了。

开始我还能跟着父亲走，遇到沟沟坎坎，他背着我过去，后来，我走不动了，就趴在父亲的背上翻过一道道沟壑，路过的村子，几乎每个村子都有窑洞，有的村子里都是窑洞。

那些窑洞有的是在崖面上凿出来的，一层层，如梯田般散落在坡面崖畔，当地人叫“崖打窑”，是靠岩崖式。有的是在平地用梯形土坯黄土垒砌碹成的窑洞，父亲说那叫“碹窑”。

我问父亲怎么村民不盖像我们住的平房，打这么多窑洞？

父亲说，因为这里的土有很多是黄黏土，适合打窑洞，也省钱，可以省下砖头和木料。

走了好远好远，父亲终于说，到了。但，还是在山梁的这边，没到山的南边。

我问父亲，翻过山的那边，有学生住吗？

父亲说，翻过山，山南边就是山西了。

我很奇怪，到了山的南边，怎么叫山西，不叫山南？

父亲说山西是个省，咱们是在内蒙古自治区。山西和内蒙古都在中国。

我还是奇怪。我们不是在蓝旗窑吗？哥哥到很远的县城上学，不是叫凉城吗？

父亲说，凉城就在内蒙古里面。

识字了，我第一次，见到中国地图，想找到蓝旗窑，却怎么也找不到。才知道了凉城县也是那么小，姥爷家附近的岱海湖，望不到边，却像个小水珠，我们内蒙古在中国版图的正北方，在内蒙古高原上，它紧挨着黄土高原，我判断，我们原来住的那个村子应该在内蒙古高原和黄土高原的交界处。

我们到的这家也住窑洞。一进窑洞，浑身冒热的我们一下子感受到了清凉，主人把父亲和我让到炕上坐。炕头上，有只大猫在酣睡，听到我们进来，只是喵喵叫了两声，就又自顾自打它的盹。平时，我就喜欢跟着妈妈到住窑洞的人家串门，里面冬暖夏凉。就是我怕耗子，窑洞里的耗子不少，要是家里没养猫，大白天也会遇到耗子，被它吓一跳。看到猫，我就很放心。一开始我趴在窗台上，看院坝里公鸡母鸡啄食，后来，我没了兴致，吵着要走。主人家的小姐姐说要带我摘酸刺（学名沙棘）吃，一想到那甜蜜中把人酸得闭眼的爽口味道，我就屁颠屁颠地跟着她去摘酸刺了……

回家的路上，父亲很高兴，他说家长同意让孩子回学校上学了。父亲背着我，脚步却走得很稳健，边走边不厌其烦地回答我的问题——

我问："山南的山西，您去过吗？"

父亲回答："去过。"

我接着问："我也想去，是不是到山西就得翻过那道山梁？"

父亲笑了："不用过那道山梁也能去，班里有个学生家住草沟，那里有土夯的长城，长城以北就是内蒙古，长城以南就是山西了。"

我还有问题："长城是啥样的？是不是和院墙一样，下次您去草沟家访，能带我去吗？"

…………

我的玩伴从学校家属院的孩子扩展到了村里，我结识了一个新玩伴——大妞，她父亲是个车倌，大妞给我们看她父亲从县城买回的手帕，她很慷慨，当我们玩过家家时，她就拿出好看的手帕装饰“家”。我最爱去的还是她的家，她家住的也是窑洞，但非常特别，不像村里其他小伙伴的家，是一孔孔崖打窑或碹窑，而是独门独院，从地下挖出一个很深的天井，在这个天井四周又打出的窑洞，好像一个巨大的地窨。

我们刚搬家，我见过父亲找人一起打地窨，用来储藏土豆、萝卜等。一箩筐一箩筐的土被父亲从挖下去的地窨里提上来，我想象不出，大妞他们家挖出这么大一个地窨院，那得挖出多少土啊！

要不是认识大妞，我即使走到大妞家附近，也不会想到这里有户人家。从远处看，看不到她家。走近了，会看到一丛丛酸刺，这些灌木长在大妞家地窨院上，好像是围墙，大约是防止人和牲畜不留心掉到院子里才栽种的。

站在大妞家院子里，抬头看天，天是一大块蓝莹莹的布，上面有着白色的图案……

最好玩的是她家的院门，如果不是她带着，我们绕着她家院子灌木围墙，绕来绕去，也难找到街门，下不到院子里的。

街门通向院子，要经过一个圆坡弯状隧道，这条隧道是从院子的一角打的，从大妞家出出进进，本身就是乐趣。

大妞还指给我们看，她家门洞下挖有排水道，通往不远处比她家更低的水沟，我说呢，怎么下大雨，她家的院子里也没积水，也没水灌进窑洞。

不过，大妞家院子里是有个石灰泥抹的窖，刮大风时用篦子罩住，下雨时用来接雨水，供家畜饮用。

大妞家的地窨院里有好几孔窑洞，北面正房是三孔，东西面也打了窑洞，是放粮食杂物和养骡马养猪养鸡用的。我很羡慕大妞家有这么多的窑洞，大妞也很神气地领我们参观她家的一孔孔窑洞。我心说：我爸爸也会打地窨子，他也有的是力气，只不过他没时间。等我爸爸啥时候有时间了，我也领他来大妞家看看，他也能给我们打个地窨院。

发表于 2015 年 7 月 8 日《北方新报》

养小鸡

现今，人们谈到胆固醇，如同老鼠见了猫，牵累到鸡蛋，身价一跌再跌。想当年鸡蛋多么金贵啊！每天能吃上鸡蛋，是人们的梦想。在农家，它的经济地位很高，孩子们的学杂费油盐酱醋的零散花销，都指望着从母鸡身体里掉下来。家家的主妇是养鸡能手，那时的鸡，个个是如今号称的土鸡，自由放养，下的鸡蛋就是如今的绿色无污染纯天然食品。

小鸡一出生第一眼见到的是母鸡，不是恒温箱。暑热时节，有的母鸡就会落窝，老乡称其为“落窝鸡”，它们懒洋洋的，不肯下蛋，喜欢卧在暖和隐蔽的地方，如果放上一堆鸡蛋，那可称了心，它会张开翅膀把鸡蛋围拢得严严实实，期间，还会用爪子拨动鸡蛋，给它的未来的孩子们调换位置……直等 21 天后小鸡啄破蛋壳。

当了鸡妈妈的落窝鸡一下子精神起来，抖擞羽毛，带着孩子们觅食，找到虫子、草籽等，先紧孩子们吃，有鸡妈妈的带领，主人也放心。看吧，一场雨过后，鸡妈妈成了落汤鸡，小鸡们只是腿脚上沾了泥水，身上一个雨点也没挂，自然不会生病，就这样健康快乐地成长。

那时候，我们家每年也养鸡。有一年，不知是天热还是怎么的，有好几只母鸡成了落窝鸡，父母就听村里人的经验之谈，把落窝鸡关禁闭，把它们关进放土豆的地窖里。里面又黑又凉，一两天后，放出来，果真不蔫了，接连下蛋……

小时候，我常和小伙伴玩老鹰捉小鸡的游戏，打头的是扮演鸡妈妈的小伙伴，她尽力用胳膊、用跑动阻拦前面的"老鹰"捉走后面的"小鸡"。我没见过真实的老鹰捉小鸡，却见过鸡妈妈保护小鸡勇斗猫和狗。

我们曾随父母工作调动把家搬到一个叫蓝旗窑的村子，那里的沟顶崖畔是农家的一孔孔窑洞，窑洞里老鼠多，养猫的也就多，那些猫很忠于职守。前不久听我大姑说，她家的猫如今不逮老鼠了，有天见了老鼠，好奇地瞅瞅对方，各走各的路……可那时的猫见了老鼠，格外有战斗力，勇猛向前，把老鼠逮住咬死才罢休……

母鸡常见大猫逮老鼠的激烈场面，做母亲的本能，生怕大猫这种很有攻击性的凶猛动物伤及自己的宝贝孩子。鸡妈妈不知道猫科呀、禽类啊……都偏食，唯有人类这种高级动物，天上飞的，地里长的，通吃。猫在院子里巡逻，见了一团团黄绒绒的小鸡，就停下来瞧，这一瞧，鸡妈妈认为大猫要把小鸡当美味吃了，就回瞪大猫。大猫见鸡妈妈用仇视的目光盯着自己，也恼怒地对峙。鸡妈妈还展开双翅，头上的羽毛根根竖起，做好了战前准备。大猫见惯了老鼠仓皇逃窜的狼狈样，见鸡妈妈这严阵以待的架势，也来了兴致，又向前迈步，靠近小鸡，这可激怒了鸡妈妈，鸡妈妈咯咯叫唤着，意思是让它的孩子们离远点。小鸡们听懂了鸡妈妈的警告。小鸡一走开，鸡妈妈飞起来，张开嘴巴，狠劲啄向大猫的面门，大猫被啄痛，喵呜叫了一声，扑过来，它们便斗在一起……

鸡妈妈和大猫还算势均力敌，要是一条狗想接近小鸡，鸡妈妈也敢扑向比它个头大好几倍的土狗。狗张开大嘴，扑将过来，鸡妈妈展翅，飞走，狗追，喘气，鸡妈妈飞回，再啄……如有公鸡，保护神来也！斗狗、斗猫的好戏不在话下。我寻思，鸡飞狗跳是否说的就是鸡狗大战呢？

那年我们搬家，这就耽误了母鸡孵蛋的黄金时期，但，养鸡的事业是不能中断的，父母所在的学校来了个农民卖小鸡，一窝共 18 只，刚好学校家属王师母也打算再捉几只小鸡，于是两家就合伙买下了这窝小鸡，每家 9 只。

王师母挑选的都是活蹦乱跳、身强体壮的小鸡，母亲呢，由于跟了我这个热爱小动物的孩子，没等妈妈伸手，我就先把手伸向了箩筐，看哪个小鸡乖，哪只小鸡被大个头的挤来挤去，我就捉走，妈妈也不好意思让我放下她再换一个。结果是，王师母买下的小鸡个个精气神十足，我妈买回去的小鸡小而弱。没料到，到了冬天，王师母家的9只鸡有8只天不亮就打鸣，我们家9只鸡有8只天天下蛋。王师母便把她和母亲一块分小鸡的故事当趣事讲……

后来，我们家搬到了县城，也养鸡。买小鸡就和学校里的老师到鸡场买。老师们都说母亲的手气好，捉小鸡长成母鸡的概率高，屡试不爽。

发表于 2016 年 3 月 4 日《北方新报》

我家旁边是早市

我们楼旁边的街道成了早市，早市热闹起来。我对这热闹没有兴趣，我只对面前的大叶海棠感兴趣。热闹是给看得见的人看的，唯有面前我培植的花，是我可以摸的有形有状的色彩，是摸得到的繁盛花蕾。

这样的大叶海棠有了好几代，它们是我失明后几年来在母亲的指导下剪枝栽培的，我没想到它们会如此繁茂地生长，它们的繁茂让我感受到生命要发芽要蓬勃要生长的力量，让我对生命滋生敬畏，对死亡有了厌弃。我麻木的心却也有了烦恼：我拿你们怎么办？

母亲原来养了十几种花，每种花一两盆，或在客厅，或在卧室，在恰当的位置安静生长……我对大叶海棠的任性培育，造成家庭放置盆景的区域严重不足，我提出让母亲送花给亲友，母亲却让我自己处理。

我知道这是母亲的激将法，她想让我和亲友联系，我偏不。可是……

我忽然噌地跳下床，对父母宣布："我要到早市上卖花！"

我能想见父母脸上的惊诧。我等着他们的反对。可是，没有反对声。

我像被逼上了梁山的好汉，抱上一盆枝叶旺盛的大叶海棠下楼出小区拐弯……

一路磨蹭着，一路没有阻拦，还好，没走到人身上，在早市北口摊贩的背后，我在一块空地上放下我的花。

接下来，我就不知该怎么办了。从来，我都是买东西的，没有卖过东西。我对自己说：你耳朵也不聋，没听到周围的吆喝声吗？你就喊："卖花喽！"可那三个字像鱼刺卡在喉咙里，吐是吐不出去的，只能咽下。

度秒如年中，我听到前面好像是城管在收摊位费，好像一个摊位收 3 元，按说不多。我的心狂跳：要来跟我要 3 元怎么办？失明后，我吃饭不管闲事，兜里一分钱都没装。我的花还无人问津，听说，城管的人执法是很严厉的……抱着花跑吗，除非出现奇迹，我的眼睛刹那看见了，我能撒丫子跑……

要是城管的人没收我的花也好。那样我就不用卖花，就把花送人了。紧跳的心松下来。我甚至对城管的到来有了丝莫名的期待，那收费的声音却远了。他们大约把我当个买花的，买了花，在这儿等车呢。因为这里也是两路公交车的始发站。

有简易拉杆车轮子碾过的隆隆声，听父亲说有很多老人为了这里的低价蔬菜，常乘坐公交车来买菜，惠民的老年免费乘车卡出现，更加繁荣了老人们来此买菜的事业。我于是忽然关心起这些老人是如何上车的。

我把花挪近站牌，这样我就更像一位等车的乘客了。

一个模糊的车影正在发动，一辆辆拉杆车停在了上车门前，有个中年男人的声音在车门口响起："我来吧。您老今天的菜还挺全乎的，还有羊肉片，是要涮火锅吧！"

一个老太的声音："老是麻烦你，小师傅！你抽空也到那家锡林郭勒盟羔羊肉店买羊肉吧，纯正的草原羔羊肉。"

…………

"好嘞！扶好站稳，开车了。"

哎呀！原来刚才那位帮大爷大娘们搬运拉杆车上车的是公交车司机师傅！

一丝温暖触动心头，为那司机师傅对老弱者的伸手帮扶。可这一幕不是我设想的戏码，我来，是要听老人腿脚不利落，又提着重物半天上不去，司机不理不睬，还要责骂老人耽误时间，自不量力的吗？难道我因没听到这些感到无趣吗？我被这自我剖析吓了一跳。你怎么会有这样的想法？是什么时候有这样的想法的？以前，你看得见时，不也给老弱病残让座吗？为何失明了，你就认为你出门后，就会遭遇冷眼遭遇羞辱？这个世界依然，依然有如你从前那样的好人的……

有个男声在问："这是你的花吗，是什么花呀？"

我的神思回到了花身上："这花叫大叶海棠，又叫葡萄莲，竹叶红。”

那男声接着问：“造型不错，叶子颜色还挺特别，你从哪里买的？”

“这花是我自己养的，我养了好几盆，没地方放了，不然，我才不舍得卖呢。这花喜欢阳光……”

我开始讲花经，旁边另外一个女声打断我：“你卖多少钱？”

我心头绽开了一朵小花：有两位顾客看中了我的花。我说：“您也喜欢这花？”

前面那位说：“我们是两口子。”有了刚才的历练，我的脸皮厚了，脸没发热，可我真不知道我该要多少钱：“我看你们也是爱花的人，就看着给吧。”

暂时的沉默和两人近前对花的端详，然后，女声说：“30 元，可我们腾不出手，你得帮我们送到家里，家离这里不远。”

“30 元，行，可我有急事，不能帮你们送花。”

我的讨价还价是空着手却拒绝送货。

又是对花的研究，男的说：“算了，不用送了，那就 20 元。”

“行！”

我的爽快反而令他们狐疑：“你这么爽快，别这花一到我们家就蔫了。”

我笑了：“我也住附近，我想我们还会在早市上遇见，要是这花去你们家没几天就蔫了。我把钱退给你们。再到家搬盆好的。”

原来面对陌生的世界也不那么可怕，面对陌生人我还是可以说话的……我的心头绽开更大的一朵花……

有人站在我面前。我说：“您是不是看中了那盆花，有人已经买走了。”我有点得意地说。

“是我，回家吧。”

是我妈。她一直就在附近。我却不想这么早就回去了。挽着老妈的胳膊，让她领我逛早市，花掉手里的20元钱。

母亲一路高兴地给我介绍摊位上在卖什么，还有摊位背后东西两条街道后的铺面……风儿不断把油炸糕的浓香、果蔬的清香、炒货的焦香……吹送到我的鼻尖，喔！请品味这生活的气息！

咦！这个小铺子前怎么还排着队?！母亲说：“新开的天津烧饼铺。”那些天津的老知青喜欢吃。

“咦！怎么这个铺子前也排着队?!”母亲见惯不惊：“这就是你爸买回的浙江小笼包子。”

嗨！这辆货车前，这两人吆喝的味道和陈佩斯演的卖羊肉串的新疆人怎么一样？一问，果真是从新疆来的父子俩，来卖他们自家地里产的大枣。一摸，好大的枣！来一斤尝尝。

不一会儿，手里又多了我们爱吃的当地特色小吃烧卖、焙子、酿皮和面筋……我忘了那 20 元已经花光，母亲出手大方，付钱时好像也花的不是她的钱似的。

母亲说："南边有个报摊，咱们过去买份报。"

路过一个摊子，母亲悄声说："这个卖水果的是个独臂残疾人。"

我不由得驻足，和几个顾客一起挑选橘子，还别说，我这触摸法挑选出的橘子为我赢得了"识货"的肯定，而摊主欢快的招呼声和熟练的交接钱物，让我感叹。是怎样的动力让他站在陌生的眼光下，一次次不怕出丑，练就"一手技能"？

新的日历翻开，我不再发憷和陌生打交道，我认识了语音读屏软件，又能写文投稿上网了；我还参加了残联的招聘会，重新就业……

几年后，早市南口街角出现报栏，同样的报栏遍布于城市的街道，每天有专人来换报，里面展出的是内蒙古日报社发行的《内蒙古日报》和《北方新报》。报栏对面街角卖报的还在，自从我的豆腐块文章开始在报栏中出现，父亲常常提着一兜子刚买的菜，站在报栏前，寻找我的文章，找到了，便陪报栏前读报的人站更长的时间，然后，到对面买报。后来卖报人一见父亲，就说："老爷子，我给您专门留了份报纸。"

内心的充盈淡化了我对失明的感受，我神态自若手持盲杖穿过早市上班下班，早市上，又多了几个残疾人摊主，买菜的人群里摇着轮椅的残疾人的身影也多了起来。

哪天父亲没去早市，再去，总能收获一些摊主的问候，尤其是来自远郊的奶农，他对父亲的身体健康非常关心，他希望老爷子健康长寿，天天打他的牛奶。前街正在建一个便民商场，听说，建好后，早市就会取消。

我呢，走过这段早市，还会惧怕踏入新的街道，新的市场吗？

首届中国盲人散文大赛三等奖获奖作品（2015）

第二辑

奶奶的酸米饭

草原羊肉滋味长

一个土生土长的内蒙古人，不爱吃羊肉，是件稀罕事。想想，内蒙古一年出栏 2 亿多只羊，供全国人民享用，守着大草原，近水楼台先得月，自然能吃到鲜美的羊肉啦。

烧 卖

我是先喝羊奶，后吃羊肉的。吃羊肉是先吃羊肉饺子、炖羊肉，然后才吃上了烧卖。第一次见到烧卖，那外形，像极了图画书中的石榴！我那时想，第一个做烧卖的厨师，肯定是照着石榴的样子做的。就像每年清明节女人们会用面捏“寒燕”，蒸熟了插在树枝上。寒燕就是照燕子的样子捏的。燕子每年春天就会在屋檐筑巢，可石榴呢？我从未见过，我想我们这里原来是有石榴的，是被人吃光了。就像狼、老虎和金钱豹，听大人们说，以前这里狼很多，蛮汉山上有老虎和金钱豹出没于山林间，后来就被人打光了。不过，石榴是树上结的，和狼虎豹不同，也有可能是第一个做烧卖的去过南方，很喜欢石榴，回到北方后思念石榴，就照着石榴的样子做了烧卖，这后一种是我现在想的。

烧卖味道如何？看看呼和浩特遍布大街小巷的烧卖馆吧。我们小区所在的这条不到2里长的街，就有7家烧卖馆。烧卖是当地人喜欢的“硬早点”。早晨，是从一两烧卖、一壶砖茶开始的，老人们更可以把这烧卖就茶水吃一上午。一两烧卖竟然能吃一上午，这慢生活也太慢了吧！别急啊！一上午的时光主要是饭后喝茶聊天。正如老字号德顺源店门两边有副对子，上联“一壶一两一叙”，下联“有聊有品有味”，道尽了泡烧卖馆人的心声。

烧卖在内蒙古是按个卖的，一两烧卖是8个，装满一竹笼屉。饭量大的后生一般点2两烧卖就够了，要是按别处点水饺一点半斤，一摞5笼屉烧卖端上桌，那就傻眼吧！

烧卖也被称作捎卖、稍麦。用烧卖冲子把面团擀成薄皮，淀粉面碾边成荷叶状，包以鲜羊肉馅，捏成石榴状，上笼蒸熟，晶莹透明，按个人喜好可蘸醋、酱油等调味。

正宗的烧卖食材，羊肉来自阴山下敕勒川天然草场放牧的绵羊，面粉来自土默川或河套平原的小麦，淀粉要乌兰察布土豆加工的，佐以大青山前后的胡麻油，毕克旗大葱，拌上老姜，这真材实料，还有传统的工艺制作，烧卖成为当地人牵肠挂肚、回味不够的家乡的味道，是自然的了。烧卖就像兰州拉面，在全国遍地都有，可就像到了兰州不吃拉面说不过去，到了呼和浩特，不吃笼烧卖，就体味不到正宗羊肉烧卖的味道。

涮羊肉

别看现在专用涮羊肉的电火锅几乎家家备用，多年前，在铜火锅的年代，那可是厨房里的贵族用品。

抱着铜火锅，就像抱着易碎的玻璃制品，轻拿轻放，谁家拥有一套铜火锅，他家的人气就旺了，就像热腾腾的汤水。街坊邻居不只是来观赏铜火锅的闪亮，它也的确漂亮，捧起那个铜盘子，对着脸，和对着镜子一样。怪不得古代人们用铜做镜子呢！人们都成了好学的学生，向主人请教用法。这是有后话的，主人当时很得意，就像博物馆的讲解员，后来他家的铜火锅就被众人借来借去，每次归还，火锅被擦洗得锃光瓦亮，铜盘里也放了回送的吃食，主人还是要摸来摸去，检验有没有磕碰了油皮。

铜火锅好看，用起来却麻烦。热源是燃烧木炭，火锅带着一个小烟囱，想吃火锅，先要把木炭火燃起来。所以，也只有家里来了贵客，才会不好意思又硬着头皮去借铜火锅。

后来发明了电火锅，涮羊肉才真正进入了平常百姓家。街头的火锅店多了，也火了。有追赶烧卖馆的架势。

现在的不锈钢火锅做得好啊，就像摸透了人们的心思，把火锅分成三部分，就是三种口味，有清汤、辣汤、微辣汤，各涮所需。也有一分为二的。这是底汤，你还觉得味道不够醇香浓烈，还有蘸料侍候着。还等什么呢！动筷吧！

夹几片切的薄纸般的羊肉卷放入翻滚的火锅汤中，一烫，变色即可捞出食用，再蘸上麻酱、韭菜花、豆腐乳等小料，馨香扑鼻，有嚼头，吃得酣畅淋漓，着实美味！

涮羊肉的肉首选锡林郭勒盟苏尼特羊，肉质肥瘦恰当，回味绵柔。涮羊肉讲究快熟快吃，要羔羊肉才可。老羊肉趁早别涮着吃。老老实实在锅里多炖些时候吃吧。

涮火锅家族如今是兴旺发达，哪个城市要是找不到涮火锅的饭馆，那才叫怪！涮羊肉如今也讲起了营养学，学会了荤素搭配，涮羊肉的汤底加进了各色蔬菜，这一加，可谓海纳百川，常吃的菜几乎都愿与羊肉卷为伍——白菜片、土豆片、红薯片、油豆腐、蘑菇、木耳、金针、生菜……鱼丸、虾丸也来凑热闹，扑通扑通往里跳。

手把羊肉

手把羊肉是小时候老家宴席，特别是婚宴上重要的硬菜，在老家，手把肉叫“梳背子”，记忆中，婚宴都是在冬天操办的，因为冬天就是天然的冰库！那时候，婚宴是在家里举办，请个大厨和几个帮工的，宴席在自己家里摆不开，左右邻居的房子和家什就一并借用，再请个能说会道的、对传统礼仪了然于心的人做总管。

这道蒙餐在老家，最能考验大厨的刀工。正宗的做法，一只羊剔骨后，羊肉分均匀的 17 到 18 块，冷水泡三四个小时，清水煮熟。刀工娴熟的能把每块熟羊肉切成梳子状，装盘，撒上葱花、盐等调味料，上笼蒸，端上桌，筷子夹一片，这片梳齿就扯离了，很有点像结婚成家的姑娘，有点想离开又不想干脆利索地扯断的意味。

没有大厨的刀工，自己家做，把羊肉块也要切得薄厚均匀，摆盘，像伸开的手指。我那时想，梳背子还是切得厚了好，吃着痛快！这一愿望如今果然实现了，现在做的手把羊肉足够手指厚，日子的确丰厚了许多！

早餐吃了传统的烧卖和羊杂碎，午餐或晚餐就吃炖羊肉、涮羊肉、手把肉了。羊肉就这么吃吗？千年的草原饮食文化发展到今天，不会拘泥于这些滋味的。我们希望草原依旧水肥草美，想要革新，那就在羊肉的吃法上花样翻新，你要是点桌烹羊宴，可得想好了，听听菜名：烤羊肉串、爆炒羔羊肉、炸羊排、风干羊肉肠、香辣羊脊骨、胡辣羊蹄……

这味道，用“百味”一词也难以囊括，只恨自己的语言贫乏无味，还是劳驾您的舌尖，自己品味吧！

写于 2017 年 8 月

酒　缘

年轻时的父亲曾经滴酒不沾，他第一次喝酒是为了一个姑娘。

那年，父亲在一所民族学校任教。学校里大部分师生是蒙古族，和父亲住一个宿舍的胡老师就是蒙古族。在父亲眼里，胡老师就是大哥，在胡老师眼里，父亲就是小弟。小弟勤快，早早地劈柴、生炉子、烧炕，也早早地把大哥沏好的茶当剩茶倒掉，大哥却只是“嗨”一声，不把直筒子脾气倒到小弟身上。小弟和大哥一同享用大嫂带去的内蒙古风味小吃，胡大嫂自己酿制的奶酒，胡大哥特供给小刘弟弟，他却不喝，这让胡老师很不解，蒙古族是个无酒不欢的民族，喜欢饮酒，且要一醉方休。父亲不能与他同饮同欢，这让胡老师心有不甘。事情终于有了转机。

学校新分配来一位年轻的女老师，自打这位小李老师来，小刘老师就有了心思，后生子喜欢上姑娘，胡老师觉得这是自然的，成就一对姻缘，更是积德行善，胡老师就想做个月老，撮合这件好事。可这个小弟，一上讲台，就如雄鹰飞上了蓝天，在个人问题上，却如一只绵羊。胡老师探问，也闭紧嘴巴，胡老师却忍耐不住，小弟的终身大事，做大哥的哪能冷眼旁观！得给小弟添柴点火，于是，他就筹划了一次聚餐，也就是酒会。被邀的不仅有学校的蒙汉满各民族老师，分管学校的公社副书记沙书记也要入席，这样盛大的情谊，父亲难以推却。

胡老师的眼光早就扫描出，学校里另一位单身的男老师吴老师对小李老师也有好感，用今天的话说，吴老师是另一款的，他工作成绩一般般，幽默指数却是高高在上。蒙古族汉子的性情，情敌的较量，要明争，不要暗斗。于是，小刘老师和小吴老师坐席时就被安排到了一起。

饭桌是两张炕桌拼成的，摆在公社食堂的那盘大火炕中央，沙书记亲自劝酒，各位蒙古族老师呼应，有的蒙古族老师酒兴上来，唱响了祝酒歌，小刘老师和小吴老师架不住这热烈气氛的感染，血液也被点燃。后来刘老师回忆说，突然有了豪迈的感觉，喝就喝，人生难得几回醉！小刘老师于是一改平日的斯文腼腆，和蒙古族兄弟开怀畅饮起来。小吴老师也一样。一杯杯烧酒下肚，烧起了小刘老师倾吐心声的欲望，话就多了起来。小吴老师平日就是大伙的开心果，此刻，更是一张嘴噼里啪啦。胡老师事后和人聊起他组织的那次成功酒会，总会以“酒后吐真言”为主题开讲。眼看小刘老师和小吴老师的酒劲上了头，脸红了，火候到了，胡老师便问两位年轻老师，你们觉得小李老师怎么样？他们都说好。胡老师接着追问，想不想让小李做对象？

小刘老师回答，想，就是不知道人家愿意不愿意。这话要搁在平日，打死他也说不出口，后来刘老师回忆说，勇气和胆量就是被酒劲提升上来的。

小吴老师的回答继续着他的幽默，青蛙还想吃天鹅肉呢！我瞧上了人家，人家却长腿一挑，撂给我个脚后跟。有老师认真地纠正，是癞蛤蟆，不是青蛙。吴老师也严正申明，我这模样总够得上青蛙吧，哪能是癞蛤蟆！大伙哄笑，笑声的尾音刚融化在酒气里，只听咕咚一声，小刘老师第一个醉倒在了炕上……

第二天上午，刘老师还在酣睡中做着娶媳妇的美梦，现实中，胡老师正帮他实现这个梦。胡老师已经把小刘老师的心意转达给了小李，又把小刘肯定了又肯定，然后让小李表态，可小李白里透红的脸腾的一下红透了，头也像成熟了的麦穗低垂着，亮给胡老师头顶一条浓黑的大辫子。得，难道又是位没有酒不开口的主！胡老师不由得摇头，有了，胡老师一拍大腿，对小李老师说，你就点头“愿意”摇头“不”。小李老师对小刘老师其实也有好感，这感觉也只能藏在心里，哪敢轻易暴露！也亏得有胡老师撮合，不然，他们就不会结婚，也就不会有我，也就不会有这篇回忆了。

是了，父亲为一个姑娘喝酒，那姑娘就是后来的母亲。而父亲呢，不喝而已，一喝，就如跨上马背，放马到了草原上，很快就和酒友喝成了一片。起初，母亲可以说是支持父亲喝酒的，他们都说胡老师是他们的月老，那么，酒，就是月老手里的那根红头绳。老师们打拼伙，地点喜欢选刚成家的小刘小李老师家，小李老师负责烧饭热酒，小刘老师负责斟酒陪喝。“文革”开始了，停课闹革命，这种欢饮的场景也停了，父亲被揪斗，发配到偏远的小山村，但饮酒却没停歇，他也只能靠独自喝闷酒消解苦闷……

十年后，父亲提着胡老师爱喝的酒要与胡大哥痛饮，听到的却是胡大哥在“文革”期间因不堪忍受屈辱自杀的消息。那一杯杯想敬给胡大哥的酒，父亲只能酹洒坟头。

父亲喝的酒度量在提升，让母亲担忧的是，他一吃饭就要喝酒，父亲把酒瓶拿到饭桌上，母亲拿下，父亲拿上，母亲再拿下，父亲让过母亲几个回合后，就乘着酒劲儿要起了威风——你让我戒烟，我戒了！你又让我戒酒！戒！戒！这酒不戒啦！要戒，就干脆点，连饭也戒掉！

一次婚宴，父亲照例，吃得少，喝得多，但，这次身体拉响了警钟，刚回家就去了医院，医生警告父亲，您这是一过性高血压，先注意饮食两个月，血压还高，就得服药了。注意饮食，最要紧的就是不能喝白酒……医生的话父亲听进去了，也很有毅力地遵从医嘱，当然啦，他这个好病人很快就从医院毕业了。

那，父亲与酒的缘分是否就此终结了呢？反正老妈一听到有人说戒烟戒酒如何不好戒，就把老爸搬出来当范例。父亲不再醉酒，他改而沉醉于厨艺中。

那天，一盘香味扑鼻的红烧鸡端上桌，我们说，好吃！好吃！

老爸说，好吃吧！你们猜这鸡怎么就这么好吃呢？

您就别卖关子了，快说出您的诀窍来！我催促。

老爸说，我先用花雕酒煨它，这只鸡喝了我半瓶花雕酒呢！

写于 2016 年 12 月

改于 2017 年 1 月 19 日

番 瓜

儿时，老家有个乡俗，年夜饭要喝番瓜汤，因“番”与“繁”同音，其意为来年家业繁盛。番瓜又名南瓜、倭瓜、饭瓜，在乡野的田畔地垄屋前屋后繁荣生命。

那年我们家住在没有院墙的乡学校教职工宿舍。腊月的一天，有人掀开厚重的棉门帘，敲门。拉门，一股凉气卷进一大一小两个人。他们的双手冻得通红，大人的怀里还紧紧抱着个大大的番瓜。原来他们娘儿俩是轮替抱着番瓜从十几里外的村子专门来给母亲送过年吃的番瓜。那位母亲说：“要不是李老师开学时替孩子缴了学费和书本费，孩子现在已经辍学。这是自家种的番瓜……”母亲连忙到屋外捧回积雪揉搓娘儿俩的双手，我见母亲的眼里有了泪花，她收下了番瓜，留娘儿俩吃过午饭，又把哥哥的棉手套让男孩戴上，这才送他们出门。那个红红的大番瓜熬的汤很甜，这是我第一次对那敦实的圆鼓鼓的番瓜有了深刻的记忆。

我们家搬到县城，也住学校家属房，但有了自己的小院。每年春天，父亲在墙根种下一颗颗番瓜籽。不几日，种子破土而出，一日一日嫩绿的秧苗出落成了番瓜藤，紧贴着墙，就像一个个勇于攀登的登山运动员。到了6月，绿油油的叶子，已把围墙覆盖，那叶片有的如小孩的手掌大，有的比大人的手掌还大得多。那些茎须，一副继续使劲的样子，蔓头也高昂着，卷曲着，劲很足。一场雨后，我们能看到蔓头的生长，昨天的叶子还没完全展开，今天的叶子已高高地擎起了，放眼望去，密匝匝的一片，一漾一漾，随风浮动着。

看看快到墙头了，携带繁茂的叶，藤尖依然奋力向上，生机盎然，在土坯围墙的背景上成为很养眼的画。这是一个怎样的生力军啊，给一点生存的土壤，就努力奋发，做着自己应该做的一切！我总在瓜藤下面停下脚步，注视着向上的生命，眼目摩挲一个个新生的花蕾，向着这生命力致意。番瓜藤，它在演示植物生命的顽强，只要给它们泥土，就会全心上演生命的过程，不存退缩放弃。

那叶间的蕾，像个毛茸茸的小疙瘩，被萼片紧紧地包裹着，就在人们的期待中，第一朵花开了。瞧，藤蔓上举起了一朵朵花，一朵朵能长大的黄色喇叭——瓜藤现在是高吹着号角向高处进发的队伍了！

雄花和雌花次第开放。那一只只五角喇叭，从清晨绽放起，就一直向着天，在吹进军号。是的，它们是在进军，向金秋进军，叶片就如旗帜招展。一批又一批，前仆后继的。

清晨，来到番瓜藤蔓前，就能见到娇柔的番瓜花，一朵一朵，自翡翠般油绿的叶中探出笑脸，随风轻舞，迎着朝阳，怒放生命。

母亲把雄花掐下来，回到家，摘下花瓣，清水洗净，用刀切得细细的，磕两个鸡蛋，撒上盐、花椒粉，放上葱花，拌上面，搅成面糊糊，在平底锅里用细火慢慢煎。直到番瓜花饼被煎得焦黄酥脆时出锅。顾不上烫，大咬一口，又脆又酥，别提有多香啦！

又几日，花朵后面的果柄上举着小小的番瓜。细长的果子，嫩青可人，藏在花朵的后面似乎有点羞涩。而那围墙拦不住藤儿行进的脚步，它越过围墙，把果实挂在了围墙那头的邻居院里。番瓜娃娃渐渐有了自己的模样肤色——有圆形、扁圆形、长圆形，有红色、橙红色、墨绿色、灰绿色……当番瓜成熟变老，就成了圆滚滚、厚墩墩的忠厚长者。

邻居提醒父亲："刘老师，你家的番瓜熟了，能吃了。"父亲爽朗地笑："你摘了吃吧。不用我抱，它自己就过去啦。"

又到了番瓜大量上市的季节，我们家随着时代的脚步，搬进了楼房，不再自己种番瓜。可吃番瓜已然成为习惯。欣喜的是，如今的番瓜在农科人员的改良下，吃起来更加绵糯香甜。父母每天必吃大烩菜，它还有个很好听的学名"全家福"。这全家福随着时代发展，可谓食材济济。

但番瓜、土豆、豆腐还是家常。父母总会边吃边感慨：还是这个时代好啊！人们不仅能吃饱，还能吃好。就说这番瓜吧，咱们过去熟透的老瓜也没这么好吃。

早市上，在农民大哥装满番瓜的车前，我捡起一个，又摩挲另一个，眼前好像又有绿波在静悄悄地流动，能听到青翠欲滴的番瓜叶子在风中嬉闹耳语……小时候，我曾想拥有一片番瓜园，我天天守在那里，看新蕊嫩芽，等花开花落……虽然我没能拥有它，但那番瓜已然在更广阔的田野间枝枝叶叶蔓延开来……

发表于 2014 年 10 月 1 日《北方新报》

奶奶的酸米饭

一进屋，打开冰箱，嗨！还有瓶酸奶靠门立着。酸奶咕嘟嘟进肚，方觉暑热后退，清凉蔓延开来。顺手把空酸奶瓶扔进厨房的垃圾桶，手指触过燃气灶旁的台面，光滑却无温度。忽然有只粗糙的酸饭罐从记忆里跳出来，蹲在了台子上。

那是奶奶的酸饭罐。记忆里，爷爷奶奶家的灶台总是温热的，上面总有个大肚子酸饭罐。它是做酸米饭的器具。

奶奶把家乡凉城盛产的谷米、糜米淘洗干净，将晾温的白开水和米一起倒进罐子，封口，捂好放在热炕头上发酵，过两三天就成酸米浆了。用铁锅烧开，倒一些酸浆出来，以备后用，余下的连浆带米统统倒进锅里熬，米煮熟，酸粥就成了。多加水，就熬成酸米汤了。

吃酸米饭最佳的时日是夏季。被炙热的烈日烘烤得口干舌燥，喝口酸米汤，吃碗酸米饭，顿觉通体舒畅，神清气爽。

儿时，吃一根五分钱的冰棒是消暑的时尚享受，那得用少有的零花钱去买。夏日里，奶奶的酸饭罐却永远为我们储备着消暑的饮食。一到爷爷家，奶奶颠着小脚拦着不让我们用瓢舀缸里的凉水喝，接着就在灶台前忙活开——用酸饭罐里发酵好的酸米浆煮酸米饭。我喜欢喝酸米汤，酸酸甜甜，回味悠长。奶奶家里要是存放着白糖，加一小勺，加进了几多甜蜜，奶奶会说："这可比那冰棒好，那冰棒不就是糖精水冻成个冰疙瘩，酸米汤才又解暑又养人。"

那年夏天，我又捧着一大碗酸米汤大口喝着，满头银丝的奶奶把脸笑成朵菊花，她问："好吃吧？"我抬头"嗯嗯"了两声，又把头埋向手里的大碗。奶奶的老慢性支气管炎使她说话间得顿一顿，她的声音歇了歇，像是攒足了气息，接着说："慢点喝，别呛着。你要是爱吃酸米饭，就把酸饭罐带回家吧。往后什么时候想吃，可以自己做。"我瞟了瞟蹲在灶台与火炕角落里的酸饭罐，这个模样土里土气，听奶奶说年纪比她还大的瓷罐，奶奶却把它当宝贝，就说："奶奶，您还是自己留着用吧。我什么时候想吃酸米饭了，就来奶奶家，奶奶，您不会是不想让我再来吃您的酸米饭吧？"奶奶连连摇头，摆摆手，叹口气。

我当时还自认为自己没要奶奶的东西，是懂事了。现在想来，我当年应该接受奶奶要交给我的酸米罐，我当年的拒绝，奶奶一定是很落寞的。奶奶已经去世多年，酸米饭那甜酸爽口的味道，我只能在回忆里品尝，家里有很好看的小瓷罐，我却做不出奶奶的酸米饭。

发表于2014年6月30日《内蒙古日报》

粽香飘

我知晓端午节，就是通过父母过节之前包着粽子，给我们讲端午节的传说开始的。

端午节的前几天，父母就把买回的粽叶、马莲、江米、大枣洗净泡好。端午节前一天，包粽子啦。只见父母从水里捡出一两片大小适中的粽叶，交错折叠，把粽叶卷成一个圆锥形，里面放一颗枣，或者两颗，把江米舀进。待快满的时候，开始合口。接着，用马莲茎捆住。这样的动作，父母每年都要重复很多次，每包一个，依然那么认真。

煮粽子的时刻是在端午节前一天晚上。红红的火焰舔着大锅，角角落落满是温暖的味道。那味道不断从压紧的锅里钻出来，我在灶台前走过来，走过去，闻着粽香，咽着口水，睡梦中在吃那香糯的粽子……

早上睁开眼睛，太阳已经出来，我知道，香甜的端午节，就这样悄悄来了。一骨碌爬起来，发现手腕和脚踝上有了母亲不知何时拴上的五色线。穿衣，上衣的扣子缠挂着艳丽的香包。奔大锅而去，揭开锅盖，拎起热气腾腾的粽子，把透着清香的粽叶一层一层剥开，褪去了粽叶的粽子，莹润光洁，向粽子的一角咬下去，黏、滑、香、甜，好吃。要是吃到包了两颗红枣的粽子，就像过年吃饺子咬到了硬币，幸运地乐！

父母笑吟吟地看我们，他们的裤管被打湿，想必他们又是凌晨起床，到郊外采摘艾蒿，果然，粽香里夹杂着艾蒿特有的幽香，转眼一瞧，门楣窗框上都已插上了带着露水的艾蒿，还有新编的五色福依傍着。窗台上，艾蒿一株挨一株躺着晒太阳，这年夏秋驱蚊杀虫的香药有了。

挎起书包，临走时还不忘装几个和粽子一起煮熟的鸡蛋。这鸡蛋也很特别，散发着粽香，教室里，也飘荡着香味。端午节的粽子能吃好几天，那几天真是天天吃香的。那时没冰箱，粽子用凉水泡着，放学回家就冲到泡粽子的盆子旁，从凉水里捞出来就吃，盆里最后一个粽子下肚，思念粽香的滋味开始丝丝缠绕心头，直到下一年的端午节。

端午节的习俗曾经是为了纪念蒙冤受屈投江而亡的大诗人屈原，后还引申为避邪祝福成就愿望之意。端午节还有不少名称，其中之一就是“女儿节”。无论南北，做女儿的不管是否出嫁，要陪父母过节。在坐在小板凳上，看母亲包粽子的日子里，有着母亲怀念姥姥、陪姥姥过端午节的温馨。

在母亲工作后的第一个端午节前夕，母亲到凉城县县城买了粽叶给姥姥，让家人吃上用宽大的粽叶包的黄米粽子。在此之前，端午节前夕姥爷要步行到岱海，采芦苇叶；到高粱地，摘高粱叶，用它们来包粽子。新鲜的芦苇和高粱叶子自有它们的清爽，可它们的叶片较粽叶要窄，包一个粽子要好几片叶子。那年的端午节，姥爷不用去岱海采芦苇叶，姥姥家里飘出不同寻常的粽香，村里人都夸姥姥姥爷有福气，养了个好闺女，懂得疼父母，于是浓浓的幸福弥漫开来……

岁月悄无声息地把一群群欢乐的儿童少年，送上了时光列车，向青年、中年飞驰……从何时起，我不再让母亲把五色线拴在手腕脚踝上？又是何时，我不再把佩戴香包当作美丽来炫耀？又从什么时候起，对端午节吃粽子意兴阑珊？想起这些，我便感慨不已……

又一个端午节来临，回想父母劳累困乏之中还能那样重视端午节，把生活点缀得五颜六色，这种乐观积极、向善向美的基因如呼吸般自然顺畅地流露在浓浓的生活气息里。

今年的端午节怎么过？一缕缕粽香飘来，我对自己说：亲手包粽子，给父母。

发表于 2014 年 5 月 30 日《北方新报》

童年中秋

记忆里的中秋，院子里满是打月饼的甜香。小院靠墙盘起的土灶上，支起了专门烘烤月饼的鏊子。在孩子的时光里，中秋节是从打月饼开始的。

在老家凉城，中秋节家家都要打几十斤的月饼。存放时，在缸底放一小碗白酒，在小碗上架上筷子，然后仔细把喷香的月饼一层层码进缸里，据说这样月饼可以放到过春节也不坏。当然，它们的香味早已经把孩子们的馋虫勾出来，等不到过年就进了孩子们的肚里。

老家月饼的品质是以油糖的含量决定的。过去，最上讲究的是四油四糖，就是一斤面里和四两油四两糖，油是当地产的胡麻油，糖有红糖有白糖。这里的“四”指的是过去一斤 16 两的计量，折合现在的计量单位，实际上是二两半油二两半糖，当然烤饼时刷上的浮油不计算在内。无论是几油几糖的月饼，和面要把握 1 比 1 的比例——就是水、油、糖的总量与面的斤两相当。当有人声称自家今年打的月饼是满油糖——四油四糖，那一刻，说的人骄傲无比，听的人既惊又羡。

和面时先把胡麻油倒进热锅里，接着把糖加进去搅拌，当锅上方升起青烟，浓烈的香甜在空气里黏滞，起锅。接着，白面、苏打、温开水和晾温的熟油糖按比例和匀，醒个把小时，在案板上反复地揉，亮油油软颤颤的了，揪剂子擀面饼。

还没打扮，不能上锅呀！在饼的一面，用洗净的木梳子印下一排排花纹，如起伏的细浪；饼中央用五角星的葫芦把子蘸上朱砂红印上红星，撒上几粒芝麻点缀星光。饼的另一面留待月饼烤到半熟时用筷子扎几个小眼。

家家每年打月饼都忘不了要打一个大大的月亮爷。月亮爷是要在中秋节晚上贡献月神的，因此，人们格外地用心，除了像普通月饼上的花饰，人们还要在它的正面用筷头细心地画上玉兔，点两颗红芸豆画兔点睛，还要按上几片碧绿的香菜叶子。在学校家属院，中秋节打月饼往往几家合作，一位师娘是面案师傅，打月饼的那些日子，她被大伙邀请传授和面的技巧。经她的手和面打出的月饼，有软鳞似的酥茬子，很利口。受欢迎的还有美术老师，因为可以把兔子画得很像。美术老师忙不过来，教数学的父亲，能在黑板上随意画方形、画圆形，也成了画兔的选手。

屋里女人们在和面揉面擀饼装饰饼时，院子里男人们也不闲着，他们把土炉的底火和顶火都烧起来，下面的底火自然是灶火，上面的顶火是鏊子上面厚厚的铁皮盖子上又架起的炭火，炭要用块煤，以便通风，这炭火外面用烧土泥住，只留捅火的眼。这个如蒙古包的土烤炉重量不轻，顶上有根很粗的木杠，男人们用结实的肩膀一扛，就把包着炭火的大盖子挪开，在鏊子里摆弄一个个月饼，直到圆鼓鼓金灿灿的月饼出炉。

我是喜欢坐在灶门前烧火的，底火和顶火要保持一致的火候，那火候的掌握是大人的事，我只需听令摇动鼓风机就行。炉膛里的火红红暖暖的，可以嗅出那美味的月饼一点点由生到熟的味道，年少的我就这样守着暖暖的炉火，呼吸着扑鼻的香甜，痴痴地等着那月饼熟透，就像痴痴地等着幸福。

幸福的日子来了——中秋节这天，我们能吃上羊肉饺子，有时候，还能闻到炖羊骨头的香味，那真是喜出望外！听爸妈说，羊儿吃足了青草，上了膘，八月十五的羊肉是一年中最鲜美的。西霞散去，月华东升。青光如水，遍洒人间。母亲会把桌子搬到院子中来，桌子中央的盘子里摆放着月亮爷，它的周围是一盘盘的水果——有本地产的123果子、葡萄，还有苹果，父亲把西瓜用水果刀剜成莲花状……

月光温柔地抚过我们的小院，抚过小院里的那张桌子和桌旁的人儿，母亲便默默祈祷，也让我们对着明月许下自己的心愿……

那被月神“吃”过的佳肴接下来就是我们的饕餮盛

宴了……

不经意间，超市显眼的台子摆上了各色的月饼盒，菜市场里，也飘动着月饼的味道，猛一抬头，那楼顶的皎皎月华，掺和着银河清晖一路涌来，何所寄托，月亮摸不到，唯有手中这小小的月饼，真实而馨香。退去那层层包装，什么芝麻豆沙、枣泥五仁、蛋黄莲蓉，还有那忘了叫什么馅的馅，吃到嘴里，总觉得不如老家传统的月饼实在厚重，那里有父亲的期盼、母亲的慈爱、儿孙对长辈的尊重。那是用亲情打造的月饼，隐匿了秋色的忧伤，握在手心，烙下的是团圆的印记和踏实的温暖，咬一口，满满的幸福。

发表于 2014 年 9 月 3 日《北方新报》

过腊八

在老家，一踏进腊月的门槛，忙年的脚步就加紧了，手就不歇着。初一，在噼啪作响炒豆子和嘎嘣脆响吃豆子的序曲中，腊月的第一项重要活动开场，这叫“咬鬼”，咬罢当地产的蚕豆、黄豆，把“鬼”咬完了，吓跑了。之后，人们便安然开始准备下一个重要的节日“腊八”。

在老家有个乡俗，农家要在腊八的头一天“立冰”。过去，农家的院落前，都挖有一个积蓄农肥的坑，夏季，积蓄雨水，青草丢进去雨水一沤就成了肥，秋收过后，直到开春，它又积蓄起农家肥，那时候，好像没有废料这一说，草木灰、垃圾、牲畜的排泄物堆放在那里，发酵，营养来年的农作物。看着肥料堆大了，就像看到了来年的好收成。

庄稼好不好，全靠肥当家啊。在腊八前一天，每家每户都要派出自家的壮劳力拿着凿子和斧子到村庄附近的小河或岱海凿冰。凿下来的冰块用麻袋包好，车拉或用草绳捆好两人抬回去，也有那壮汉独自扛回去，插进院落前的肥堆上，叫“立冰”。这块冰越大，越标志着来年丰收的旺景。

在腊八这天，也有吃腊八冰的习俗，有句谚语："腊八冰，吃不坏人。"意思是在腊八这一天，吃多少冰也没事，吃不坏肚子。

过中国的传统节日，享口福自然是一大乐事，光吃冰可不符合饮食平衡之道，要冷热均衡啊。于是，腊八节也是个冰火两重天的融合之节——那就是用火慢慢熬一锅腊八粥……

从我记事起，每年父母凌晨起来做的腊八粥是稠粥，主料有当地产的黄米、小米、皮薄容易煮烂的扁豆，莲豆也是必要的，红枣当地不出产，就得到供销社（后来是到自由市场）买了。这粥是用烧柴的锅熬出来的，能熬出一大锅没有焦煳味、稠稠的腊八粥，那可既能证明这家妇人熬粥的手艺，也证实了这家当年就是五谷丰登。瞧！这家的腊八粥能吃到过年……

小时候，对腊八记忆最深刻的画面就是，在这天的清晨要起得比平日早，按老人们的说法，吃腊八粥要赶在太阳出来之前，不然的话，就要红眼。所以，每到这天，父母半夜就起床熬粥，粥熬好后，就把孩子从被窝里叫起来。让我们能心甘情愿地离开暖和的被窝，放弃美好的睡眠，爬起来吃粥，除了红眼的恐吓之外，其实还是腊八粥的香甜魅力在起着决定性作用。

吃粥时，父母还允许我们玩一种颠粥的游戏，就是把掺了红糖的粥碗握紧了捧到胸前，用力把碗里的粥颠起来，等粥从空中落下来，用碗接住，接着再把它颠上去，落下时再用碗接住。在颠的过程中，为了显示自己颠的技术高超，会把粥颠得越来越高，瞧那块粥在空中像跳水运动员在空中翻着跟斗，然后稳稳地落在碗中，成为好看的椭圆或圆团，而那红糖也因此均匀地混合其中。

颠粥玩得最好的是哥哥，他站在炕上，能把小小的粥团颠得老高老高，当我和弟弟仰着脖子，屏住呼吸，担心那团粥就要被哥哥颠到麻纸糊着的顶棚时，它却旋转着落下来，只见那团粥在哥哥的碗里跳跃翻腾，最后安稳成一个又黏又筋的圆团，几口之后，最终它没剩一粒米地落入肚子里。

现在想来，在那个粮食分外珍贵的年代，父母怎么那么大方地允许我们拿珍宝似的腊八粥玩游戏呢？原来颠粥就是“光碗”行动！用此法吃腊八粥，连洗碗都省劲了。

记忆中颠粥会有失手的时候，失手的结果就是把粥团颠到了炕席上，因为是过节，父母就不责备我们了。不过，记得那掉在炕上的粥团也舍不得扔掉，把沾在粥团上的浮土拿筷子扒拉扒拉，还会吃。连带着吃冰，也没吃坏肚子。

我们忙着颠粥吃粥时，父母又赶早把头天晚上剥好的蒜瓣腌进装有自家酿制米醋的玻璃罐里，据说，只有在腊八这天腌制的蒜才会是绿色的，且不会变软不会腐坏。腊八蒜要腌至过年时才好吃。

小时候，一到腊八节前夕母亲剥蒜皮、给我讲腊八蒜的奇妙时，我就想：我得做个试验，在平日里用那个小罐腌几瓣蒜，看它们会不会变绿。但那罐碧绿的腊八蒜好耐吃啊，我等得不耐烦了，去找别的玩法了，直到母亲又开始剥蒜皮，要腌腊八蒜，我才想起我的试验还没开展呢！

父母用大锅熬腊八粥的习惯，一直坚持到搬离平房，住进楼房。但他们将熬腊八粥的传统一直保持到现在，坚守着对传统节日传统饮食的守望，为了表达对他们这种精神的崇敬和支持，每年帮他们喝掉他们精心熬制的腊八粥，也便成了做子女应尽的义务。欣喜的是，老爸老妈也在与时俱进，没了烧柴的锅可用，他们就用电饭锅熬粥，熬出来的不再是稠粥，不过，熬粥的食材越来越丰富，可称得上八宝粥，甚至十宝粥啦。退休后开始掌厨的父亲也在熬腊八粥上做着各种试验，就是加进新的食材，当然，他的试验首先需要得到老妈的首肯。

发表于 2016 年 1 月 13 日《北方新报》

豆腐坊

20世纪80年代，豆腐坊在老家多起来。那时候，超市还没出现，豆腐也不在菜市场的摊位上卖，是在豆腐坊里直销，当地人把到豆腐坊买豆腐叫“捞豆腐”。县城的大街小巷分布着多家豆腐坊，人们可以就近捞豆腐，也可以慕名到自己心仪的豆腐坊捞豆腐。这种直销的方式基本上不存在食品卫生和质量问题，豆腐从黄豆或黑豆变成豆腐的过程都是当着消费者的面进行的，消费者就是监督者。豆腐坊里有没有苍蝇，豆腐的老嫩粗细，都逃不过消费者的眼睛和舌尖，哄了一次，没了下次，加上人们的口口相传，真正聪明的豆腐坊师傅不会砸自己的牌子。

那时候，打酱油这样的小活对我来说成了小儿科，我就被父母派去捞豆腐。家里如有黄豆和黑豆，可以带着豆子到豆腐坊兑换豆腐，一斤豆子给一斤八两豆腐，每斤豆子另加两毛的加工费。卖豆腐的师傅先称豆子，再约莫切下一块豆腐，放在秤盘上称斤两，所得斤两往往高于所带豆子兑换的斤两，需要补钱，这是道四则混合运算题。我喜欢这种在实践中口算的游戏，在师傅报出豆子和豆腐的斤两，进行运算时，我暗暗得意已经心算出了答案，要是师傅的答案和我的答案一致，我就付钱拿豆腐走人；要是答案和我的不同，我就会指出错误，师傅重算，我的答案当然是正确的，师傅便夸我算得快、算得对，满足我小小的虚荣心。

我常去捞豆腐的地方是房后离学校家属院不远的粮食加工厂豆腐坊，如果是假期，会去离家较远的食品公司豆腐坊，这两家的豆腐卖完了，也会去几家熟悉的个体豆腐坊。

去豆腐坊的次数多了，做豆腐的工艺流程也就知道了个大概。无论大小作坊，先要把干豆子在磨上去皮，去皮后的豆子叫“豆黄”，下一步就是泡豆黄，泡好的豆黄用磨打成糊状，倒进缸里，加入开水，搅拌。关键的工序到了，把豆糊装进一个结实的大纱布袋里，把这个大纱布袋吊在一口大开水锅上的房顶，大纱布袋在转动挤压下，豆浆流进大锅，剩下的就是豆腐渣。豆浆在锅里烧开后就能喝了。加入卤水，就是人们常说的“卤水点豆腐”。这可是个技术活，卤水点多了，豆腐又硬又苦没法吃，点得少了凝聚不成块。卤水点过的豆浆就是豆腐脑。把豆腐脑装入铺有纱布的木槽，木槽的下面有小洞，可以漏水。然后盖上木板，木板上再压上石头，这样压制二三十分钟，豆腐就成形了。压制的时间长短决定着豆腐的老嫩。一般豆腐坊不会压得很久，时间长了，豆腐失水太多，利润也就大幅度流失了。自家做豆腐或给豆腐坊工钱带料做豆腐，压制的时间就长一些，用这样的豆腐烩菜，出锅后豆腐的体积反而会增大，越嚼越有味道。

快到年根，小城里飘荡起豆香，这是许多临时的豆腐坊在赶着做年豆腐。老家人过年时，每家每户总要做一槽豆腐，泡在一口大缸里，从腊月吃到正月。烩豆腐、炒豆腐、凉拌豆腐，还要烧一大瓷盆豆腐，和猪肉粉条土豆一块炖，炖出满屋的香气，端上满盆的全家福。

吃惯了卤水点的豆腐，我到菜市场，总会寻觅现在被叫做“农村豆腐”的卤水豆腐，吃不惯石膏点的豆腐。据说，醋也可以用来点豆腐，不过，造价太高，豆腐坊不用，过去的大户人家做过，味道比卤水豆腐还要好。

发表于2014年3月21日《北方新报》

第一次包粽子

还没过端午，老爸就买回了粽子，江米馅的豆沙馅的，那粽子，哪面都是正三角形，包得那叫一个规整。父母赞叹这包粽子的手艺好，我故意问："我还打算今年再露露手艺，给你们包亲情粽子，看来用不着了。"

老爸老妈说："省省事吧，就你那手艺，连小时候都不如……"

我说："这么说来，你们是承认我有良好的包粽子的基础的。"

"好啊，那就今年再接再厉，继续包粽子。"老爸老妈说。

不就是包粽子吗，想当初，我第一次包粽子，不就大获成功了吗！

那年，端午节刚好在星期日。星期六下午，我和弟弟提前放学回家。堂屋里，放着父母头两天晚上就泡好的江米粽叶马莲……

粽叶在水桶里，干枯的粽叶渐渐成了柔和的绿叶，清香也渐渐被水浸泡出来。

再瞧瞧旁边盆里已经泡得胖乎乎水灵灵的大红枣，还有那白亮亮的江米，如果能把它们组合起来，煮熟了……

这时候，我和弟弟的肚子默契地咕咕叫了两声，弟弟问我：“二姐，你会包粽子不？要不，咱们先包几个吃？”

我每年都看着爸妈为我们包粽子，却没自力更生过。弟弟期待的眼神，还有肚子的叫唤，让我顿生勇气——“那我包粽子，你生火。”

弟弟以前从没生过火，但为了吃到粽子，他撒腿就跑到院子里抱柴火……

我的大脑回放着父母包粽子的画面，照着画面动手，捞起两片粽叶，折叠，打弯，围成漏斗，装米和枣，合拢捆马莲，这一连串的动作以前看父母做，利索得很，那粽叶到了我手里，就和我要小性子，不听我使唤，还好，我有的是耐性，看谁耗得过谁？终于，粽叶在我手里服帖了，任我摆弄，让它怎么样它就怎么样。看一个棱形的粽子呈现出来，它就像一个在我手里诞生的重大发明，有了第一个粽子，第二个第三个就顺利多了。

但，我对自己包的粽子还是不那么放心，万一粽子放到锅里一煮，里面的江米都跑了出来，那不就成了米粥？要是少包几个，熬成稀粥，还好交代，浪费不算多。要是包得多，最后煮成了稠粥，那可怎么办？这一重大浪费粮食的事故我可承担不起。于是，我果断停手，就这三个粽子了。程咬金的三板斧，就看这三个粽子的表现了。

我一直埋头包粽子，没顾上抬头看弟弟，此时，才注意到弟弟脸上抹着一道道锅底灰，却听大锅里的水嘟嘟地响，弟弟生火也成功了。我们相视一笑。

以前见父母煮粽子，都是一煮一大锅，说是煮粽子，其实是慢火炖粽子，为了让水淹住粽子，父母还会在粽子上盖一个大茶盘，再在茶盘上压个坛盖，再盖上锅盖。

我只有三个粽子可煮，只能大胆革新煮粽子的方式，采用煮饺子的方法了。

以前听妈妈说过，饺子要是煮熟了，就会漂起来。那粽子要是熟了，是不是也会漂起来？

于是，隔一会儿，就揭开锅盖，看粽子漂起来没有？

我看着墙上的挂钟，10 分钟过去了，那三个粽子没漂起来，20 分钟过去了，没漂起来，30 分钟过去了，还是没漂起来……

没用揭锅盖，已经能闻到粽香了，弟弟说他饿了。

最让我踏实的是，粽子里的江米没擅自跑出来，这让我大胆决定，捞出一个来尝尝，万一还是生的，我就再把它包住，继续煮……

我紧张地看着弟弟咬了一小口，看他慢慢咀嚼那一小口糯米，我盯着他，他没把那一小团糯米吐出来，咽了下去，我也咽了口吐沫，把提着的心也咽了下去。接下来，弟弟几口就把粽子吞下肚。

我问弟弟好吃不？

他说没尝出来，再尝一个才能知道。于是，第二个粽子又捞了出来。他先让我尝了一口，剩下的他又尝了。的确是熟了，味道和父母以前包的一样。第三个粽子我没让弟弟继续品尝，我说，这个粽子得留下给爸妈尝尝。要不，他们就不会知道今天咱们自己能包粽子煮粽子了。

弟弟觉得我说得有理，就放过了那第三个粽子。

发表于 2015 年 6 月 19 日《北方新报》

抿八股儿

小时候，爱去爷爷奶奶家，无论春夏秋冬，总能空着肚子去，饱着肚子回。奶奶的一双巧手，总能像变戏法似的给我们端上可口的饮食。有种风味美食我特别喜欢，不仅因为它好吃，我还能把制作这种面食当作一种游戏。这种面食叫抿八股儿。

要做抿八股儿啦——用磨擦子把生土豆磨成土豆糊，加上少许淀粉、适量莜面，将这三样掺和成软面团。下一步，就要用上做抿八股儿的专用器具抿面床子了——它是在一块长方形光滑的木板前面凿出一个槽子，槽子装上底部有一个个豆粒大小圆孔的铁皮框子，精巧得状如锅底。水开了，把它架在沸水锅上，左手把持木板，右手抓上一小块面团，放入槽框内，用一个样子像炒莜麦的木耙子来回抿压拨拉，不长不短、不粗不细的面棍便如雨线下到锅中……

这时候，我就嚷嚷着也要上手，我爱听拨拉时小木耙和铁皮槽框合奏出的声响，那声音很有节奏，像泉水叮咚，像雨打树叶，可那小木耙到了我手里，演奏出的声音就走了调，落到锅里的面棍长短不齐，这种不合格的产品往往我自己不享用，由爷爷来包圆儿，我看完奶奶的演奏，吃奶奶拨拉出的抿八股儿。

调面的清汤那就有季节的区别了，夏秋，里面有黄瓜丝、西红柿、香菜可加，即使在冬季，也有爷爷晒干的扎麻麻花和小红辣椒入味。每年，爷爷都会在小院里种上一菜畦小红辣椒，爷爷家的屋檐下总挂着一串串干辣椒，扎麻麻花是爷爷从山上摘回来的，此时，奶奶用胡油炝上小红辣椒末、葱花、扎麻麻花、姜、食盐等，调成扑鼻的汤料，舀一大勺盖住刚捞出的抿八股儿，那汤面，爽口极啦！

这浓香的美食奶奶做起来特快，能满足我们一进门就想吃的愿望，不知是奶奶熟能生巧，还是爷爷做的抿面床子好，反正，奶奶做的抿八股儿越吃越香，总也吃不够。

奶奶还会变着花样，用豌豆面给我们做抿八股儿，但，自从爷爷奶奶去世后，我们也和喷香的抿八股儿告了别。父亲退休前几年在凉城县教育局工作，有一年，他下乡检查教学工作，来到了曹碾满族乡，那里，家家户户的农妇都能做一手抿八股儿，抿八股儿也是当地的家常饭，父亲又吃到了久违的抿八股儿，吃得他眼泪都出来了……

据说，这里自古是内地与塞外出入的门户，商贾来往频繁，清朝移民开发后，更是交易场所，饭铺小肆数不胜数。抿八股儿是由面食王国山西的厨师传艺而来，曾一度受到出巡到此的朝廷大臣的青睐……这么说来，满汉结合，又是从山西来到内蒙古的爷爷和奶奶会做抿八股儿也就不足为奇了。

就在我对抿八股儿也魂牵梦萦时，它来了——二表哥邀请大姑到山西旅游，大姑在太原小儿子家里住了两个多月，一有空闲，大姑就让二表哥带着逛卖传统物件的市场，回来时，大姑背回了做抿八股儿的抿面床子，她路过我们家，先给我们做了番演习，一碗抿八股儿开始激荡我们的味蕾，热气氤氲中，我们一个个又是热泪盈眶……

发表于2015年10月8日《内蒙古日报》

原标题《难忘抿八股儿》

酿　醋

辛亥革命那一年，姥姥出生在内蒙古的一个小山村。也就在这一年，在山西的一个小山村，奶奶出生了。她们缠着小脚，没读过书，手脚不停歇操持着家务生计。她们都会酿一手好醋。

山西的奶奶后因战乱随爷爷来到了内蒙古，由于儿女（就是我爸妈）的关系，奶奶和土生土长的姥姥成了亲家。亲家会面时的切磋交流，让儿孙们吃到了更为香甜的醋。

新中国成立之初，机关单位有食堂，工作人员吃在里面，每月再给发很少的生活补贴。各单位搞伙食的人采购食材要到农家，那时候的醋都是自家酿，奶奶酿的醋好，除了自己家用，还可以靠卖醋贴补家用。

姥姥在村里也是酿醋手艺叫得响的，每到酿醋的时令，那些对自己手艺不自信的媳妇们就请姥姥去帮忙，做关键的工序。姥姥总是有求必应，成了全村义务指导酿醋的师傅，手把手教她们配料的比例，搅拌的手法……

20 世纪 70 年代我出生时，由于父母工作繁忙，我就在姥姥和奶奶家闻着醋香长大。姥姥和奶奶酿的醋按今天的话说，就是纯天然绿色有机食品，其中不含防腐剂，存放一年依然味道鲜美。放到第二年的醋和新酿的醋糟混合，一年年延续成为陈醋。

在我的童年，农家还是自己酿醋。我在各家门前蹦跳着跑过，小鼻子翕动着，灵敏地辨别，总能逮住那悠长的甜酸，于是那诱人的甜酸引领我的脚步跨入这家的大门……

酿醋的第一道工序是窝曲。就是将豌豆、小麦、高粱在石磨上加工成均匀的碎瓣，然后用温水和好，捏成一个个饽饽。再将这些饽饽码在火炕的炕头上，码一层饽饽，撒一层枳子，一层层码好后，用一个瓷盆扣住，压上旧棉衣等保暖。大约一两个月过后，揭开瞧一瞧，窝好的曲变干，是红色的，有时候火候不到，需要把里面的饽饽取出来，上下换个位置继续“窝”。“窝”好的曲取出来，放在一个盆里，揉碎了备用。

接着就是酿醋糟。将一些谷糠、黍糠、麦麸按比例放在一个笸箩里，再把揉碎的曲按比例加进去，用手拌匀备用。在铁锅里熬一锅小米粥，然后用瓢舀起米粥倒进笸箩里，边往里倒，边用手搅拌，当笸箩里的材料拌成既不松散又黏不成团的“絮状”后，把这些材料倒进缸里。注意的是，这些材料在缸里要形成45度的坡度。然后用高粱秆编成的盖子盖住缸口，外面用棉大衣包住，用以保温。最上面的那部分先升温，开始的半个月每天要揭开缸盖翻搅四五次，晚上也得起来，不能偷懒。翻搅的原则是从上面逐渐往下面翻搅，半个月后，每天翻搅的次数逐渐减少，大约40天左右，发酵好的醋糟散发出好闻的甜酸味，揭开缸盖，扑鼻的甜酸味冲出来。这时候醋糟就做成了。

下一道工序是坠醋。把高粱在铁锅里炒熟，加盐和水熬粥，高粱不要煮烂了，熬好后倒进放醋糟的缸里，搅拌均匀，上面盖一张高粱秆皮编成的软盖子，盖子上再压上光滑的石头。醋糟会逐渐坠下去……

最后的工序就是酿醋。取一部分醋糟装到醋霖（醋霖就是侧面靠近底部有孔的瓷缸）中。把开水晾一晾，倒进醋霖中。这个小孔要用草塞紧。准备一个大瓷盆或缸，上面放条状的木板，把醋霖放在木板上，小孔对着下面瓷盆或缸的开口，醋就会从塞草的小孔缝隙里一滴滴落下来。头茬醋是最好的，味道好，营养丰富。当醋霖里再也滴不下醋，再往里加晾温的开水，这样四五次后，醋糟的酸味逐渐淡去，就可以当饲料了。

这种传统手工酿造的醋甘醇味美，酸酸甜甜，含在口中口齿留香，舌下生津，缓缓咽下去，没有酸涩的刺激，清凉、柔和、舒畅。炒菜、拌凉菜、吃莜面……加上它，美味倍增。

记得奶奶坚持每年酿醋，并分给亲人邻舍们一些，邻舍们吃了奶奶酿的醋，都赞不绝口，把醋收藏着，等到过节时才拿出来。

记得有一年吃爷爷送来的醋，我一下子就品出味道和往年的不同，有种特殊的香味。我去问奶奶，奶奶悄悄告诉我，她将陈醋倒进新做的醋糟缸时，加进了桂皮，奶奶说这是她的新秘方，“别告诉你堂表姐堂表哥……”想到只有我知道醋香的特别之处在哪里，这醋吃起来就更香。

奶奶去世后，我和亲戚们回忆奶奶，原来子孙们都传有奶奶的秘方。

发表于 2014 年 1 月 9 日《北方新报》

水烟

小时候，商店里少得可怜的儿童玩具也少有人买得起，但孩子们爱玩的兴致不会因此缺少，就自己去寻觅玩具。

那年我到姥爷家找到一个好玩的玩具，它是一根红色的羊棒骨，但它比普通羊棒骨光滑，而且在大的那头有个洞，从外面看这个小洞，是黄的金属壳，后来才知道这是子弹壳。这根羊棒骨是姥爷的水烟袋。而我只把它当玩具。土坷垃、草灰，塞进小洞，再倒出来，结果，晚上，姥爷就着油灯吸水烟，一股土味，姥爷摸摸我的头发，使劲磕他的水烟袋，却没责罚我。

于是，每次到姥爷家，我第一件要做的事情就是找出我那个玩具，我感到奇怪，那个玩具的颜色一次比一次红，每次找到它，它更红更亮了，我的好奇心大发，你以为变了颜色，我就认不出你了？我很得意地笑。

当我在写这篇文章时，到父亲的记忆库里寻找水烟袋，父亲解答了我小时候的疑问——用羊小腿骨做的水烟袋时间越长，颜色越深，羊腿骨经过长期的水烟熏染，颜色会由白到淡红，再到红色，然后变成深红色，这种变化是由内而外的通体变化，会越来越好看。

普通老百姓用的水烟袋是自己制作的，用的是羊小腿骨和子弹壳，越大的羊小腿骨做出来的水烟袋越好，因为大羊的骨髓腔大，吸起来带劲。在我们内蒙古大草原上，找一根羊小腿骨不是件难事，捡个子弹壳在战争年代和备战年代也不难。当然，有钱人家会买别种材料制作的水烟袋。

自制水烟袋的方法是这样的：在羊小腿骨粗的那头钻个小洞，小洞的大小要合适，正好能把子弹壳卡进去。子弹壳的底部也要扎几个小眼，用于吸烟时进出空气。在羊小腿细的那头扎个小眼用来吸烟。骨髓要抽出去，这样，吸烟时，烟气顺着骨髓腔顺畅进出。

吸水烟当然需要水烟，还需要个油灯，在过去，能用上煤油灯是好人家，普通人家用的是素油灯。

吸水烟时，把黄豆大小的水烟放到子弹壳做的烟洞里，嘴含着羊腿骨的那个小头，接近油灯，把水烟点着，吐纳之后，那个黄豆大的水烟已经变成烟灰，把烟灰磕出。然后再放一点水烟进去，再吸下一口。

这种吸水烟的方法很原始，也很麻烦，不能随时吸，往往得在家里，饭后，姥爷会就着油灯吸上几口水烟，解乏。

水烟比较难以制作。不像旱烟，自家田间地头，种上一片烟草，把烟叶采摘下来，晾晒搓碎，装在旱烟袋里随时都能抽。

听父亲回忆，在三年困难时期，人们连旱烟也抽不到，抽的是叫“十八蔓”的混合物。实际上就是一些点燃后能冒烟的植物茎秆压碎了掺合在一起，那味道自然不好。

据父亲回忆，20 世纪 50 年代从供销社买的最普遍的水烟牌子叫“王盛公”，水烟的制作比旱烟精细，要选用上好的烟叶，做好的水烟是块状的，大小 2 寸见方，大约 1 厘米厚。过去，能吸水烟的要比抽旱烟上档次。一块水烟大约能吸一个月。到了 20 世纪 60 年代，纸烟生产量增加，水烟吸起来太不方便，不像纸烟，一点即可，纸烟逐渐取代了水烟。

水烟是什么时候消失的呢？父亲记得 20 世纪 70 年代中后期有的老师还在吸水烟。教语文的乔殿臣老师装了满肚子的古典文学，他喜欢吸水烟，组织老师学习时，大家喜欢听他讲，他就拿出自己的水烟邀大家吸。

姥爷于 1983 年初冬去世，随着姥爷的离世，他的水烟袋也不知所踪。

发表于 2014 年 11 月 7 日《北方新报》

城关二楼

在我的记忆中，它是老家凉城县拔地而起的第一座楼房。县城的党政机关、事业单位、商圈等都在城关镇，老城的主干道人们习惯地叫东街、西街、南街、北街，它们的交会处就叫十字街。这座楼就位于北街路西的中心地段，是城关镇政府建的对外开放的食堂，人们就叫它城关二楼。

后来，我从老辈们那里得到考证，城关二楼是改革开放后县里的第一座楼，却不是县城的第一座楼。早在新中国成立前，东街上贾姓地主和梁姓地主家就把四合院的正房建成了砖木结构的楼房，由于两家挨着，户主都是单字“贵”，人称“梁贾贵家”。后来，贾家和梁家留下房产跑了，建国初期县政府就在贾家办公，公安局就在梁家办公，再后来把四合院连同楼房拆了，盖成了排子房。

城关二楼一开业，客人马上就来了，即使吃饭还得用粮票，即使为了上城关二楼撮一顿得从牙缝里抠钱，人们还是以上城关二楼吃饭为傲。于是，小城的人要办红白喜事，首选是到城关二楼预定席位。那时小城风靡一道菜肴

“黄焖鸡”，黄焖鸡怎么做好呢？流传着好几种版本，当时我想的是，天天给我个鸡腿吃，管它是炖的，煮的，还是焖的呢！现在想来，那时流行黄焖鸡，也是人们在变着法子让鸡肉的体积膨胀，来填补空乏的肚腹。不过，最终黄焖鸡的做法有了标准，就是以城关二楼的标准为标准。还没钱和没机会进到里面享受的人们，也从别人的口中知道了城关二楼的拿手菜有哪些，都知道那里的小笼包子做得很好。小城第一家引进木炭铜火锅的就是城关二楼，从此，木炭铜火锅成为小城人家置办的高档餐具。

城关二楼成了县城人们饱口福的福地。有些有心人也从那里学一手，引进一些菜式上自家的饭桌。当然也会不时传出关于吃的笑谈，为人们增添饭后的谈资。

有位食客请朋友到城关二楼吃饭，他听说这里的鱼香肉丝很好吃，头道菜就点了鱼香肉丝，接着又让朋友点了几个菜。服务员很快就端上来他点的头道菜，他说：“你上错菜了，我没要这道菜，我要的是鱼香肉丝。”

服务员说：“对啊！您要的是鱼香肉丝。这不就是鱼香肉丝？”“可这哪里是鱼肉？”服务员扑哧笑了：“鱼香肉丝是菜名，是猪肉丝做的……”

城关二楼生意的红火，触动了对街供销社的神经，咱们就是商业单位，怎么能落后呢？于是，两年后，对街竖立起一幢比城关二楼更气派的供销社二楼，开的也是饭馆。两家于是打开了擂台，县里人有了更多的口福。

之后县城的南北东西四条主街的商业房逐渐被商业楼取代，要“更上一层楼”！县城里的居民楼也开始出现，临街的新建楼盘升高到六层。城关二楼因其地处中心地段却日显低矮简陋，被开发商瞄准，成为房地产开发潮到来时最早被拆除的楼房。

发表于 2014 年 2 月 26 日《北方新报》

玻璃饺子

在粮食凭票供应的年代，白面是定量很少的细粮，一周难得吃上几顿。在老家凉城，平日里，人们的主食多是莜面、玉米面等粗粮，主菜是土豆、萝卜、白菜。

这种艰苦的岁月锻炼出了主妇们精打细算的能力，也会变废为宝，化身为巧妇，无米也能为炊。萝卜樱子、白菜根子不会扔掉，洗净切段，腌制咸菜。淘洗土豆的水不会倒掉，细心地用纱布过滤，沉淀下的山药粉（我们这儿管土豆也叫山药）晾干，积攒……就有了淀粉。粗粮可以细做，最大限度地发挥仅有的食材的作用，制作出各种口味的食品，满足舌尖对美味的渴求。玻璃饺子就是这样一种广受喜爱的地方风味小吃。

那时候，玻璃饺子是老家一种家常便饭。蒸熟后的玻璃饺子，皮似玻璃般透明或半透明，人们就叫它玻璃饺子。

做玻璃饺子关键是皮子。饺子皮的原料一般有两种：一种是用莜面和山药粉，比例大约是 1 比 2；将莜面和山药粉在盆里搅和均匀，加温水揉搓，成均匀柔韧的面团，揪面团，擀制饺子皮。

还可以用山药粉和山药为原料，先将焖好的山药剥掉皮，趁热加山药粉搓匀。一般一斤熟山药掺半斤山药粉，边搓边掺山药粉，和好，就能揪团擀皮。

每年的秋末，家家户户买回大量的山药，品相好的放到地窖里储藏，起山药时被铲烂的、个头小的，就洗净用来加工山药粉。

有了饺子皮，里面包什么呢？人们最爱吃的还是肉馅玻璃饺子，特别是羊肉萝卜馅的，那味道真是鲜美。蒸熟后的玻璃饺子皮又明又亮，里面的馅料看得清楚。透过薄薄的饺子皮，看到抱成一团的羊肉馅，唾液分泌得更快了。

蘸上老乡自家酿的米醋，再拌点蒜泥或辣椒油，趁热咬一口，舌尖与那柔韧滑爽鲜嫩的食品亲密接触，裹挟着丝丝的酸辣，那味道更是无可比拟。

渐渐地，白面大米成了极其平常的主食，玻璃饺子也渐渐成了一种特色小吃，不再是家常便饭了。

发表于 2014 年 7 月 30 日《北方新报》

爆米花

我现在不爱吃零食了。因为零食极大丰富了，不吃也心里踏实。还因为不敢吃了，怕把肚子吃成游泳圈。小时候，我和小伙伴相跟着去十字街西南转角的国营副食品商店，观赏玻璃柜台里的蛋糕、锅盔、糖果，我们把嘴巴闭得紧紧的，这样唾沫就不会从口里涌出来，而会自寻出路，涌到嗓子眼，咽进肚子里。那时国营商店的营业员用不着主动招呼顾客，即便热情招呼了，我们也没钱买，只会被她的热情吓跑。我们的脸贴着玻璃柜台，眼睛想要穿透玻璃，直达里面的美食，勾一点出来。我们的肚腹凹进去，像个盆地，能把柜台里的好吃的都装进去。当然，这是不可能的。我有点想爆米花的老头了，他要再来，我就把糖块放进去，让他爆出更大的糖块。

爆米花的挑着担子来了，在巷口生起火，炉子转起来，嘭的一声巨响，爆米花的香味也随着那一声响飞进院落，招引着孩子的脚步，舀大半碗米，倒进一个大面盆，端着盆子奔到巷口……

先到的孩子端着新出炉的冒了尖的爆米花，好像怀里抱着个聚宝盆。那时候不知道爆米花的原理，觉得那个转炉很神奇，有魔力，一声爆响，捂着耳朵一声声惊叫，一小碗米就变成了一大盆米花，快乐也膨胀开来。这聚宝盆大多装的是小米花、大米花。如果家里刚好没有米，孩子的聪明才智这时候会像爆米花般爆发出来，家里有粮食，就能端来炸，比如：小麦、莜麦、黄米、玉米、黄豆、大豆、豌豆等等。家里有糖精的，放一点，出来的爆米花就有了甜滋滋的味道。我问爆米花的老头，能不能爆糖果？爆米花老头说，孩子，这可不成。糖果进去就化了。我有些失望，可爆米花填进嘴巴，也就把那失望一块咽进了肚子。

有一回，爆米花转炉前又排起了队，学校家属院的孩子几乎都排在队伍里，刚子也来了，他空着手，把队伍从头到尾巡视了一番。我们问他："刚子，快点回家拿米排队啊！"他抿抿嘴，跑开了。好一会儿工夫，他才端个盆子来。我们一瞧，他把他妈刚擀的面条端来了。我们吃吃地笑，他咕哝："家里没有米。"已经爆完米花的孩子边吃边等着，看刚子的面条会炸成什么样子。又一声巨响，爆出我们从未闻到过的香味。

刚子一跃而起，收取他那喷香酥脆的爆面花。

听刚子隔壁的孩子说，刚子因为把晚饭的面条一大半拿去炸，回去后挨了父亲一顿胖揍。不过，下一回，加工爆米花的老头来，刚子还是和我们一起跑去排队……

发表于 2015 年 1 月 23 日《北方新报》

第三辑

岱根塔拉的芦花开了

炉 火

冬天到了，忽然想起了炉火。小屋中心，蹲着一个铁炉，炉膛里是熊熊燃烧的火焰，黑亮的炉圈上排放的几粒黄豆噼啪作响，炉坑里散发出烤土豆的焦香……

一粒黄豆蹦到了地上，寻到它，就像捡到一粒金豆……小屋暖和起来，我们兄弟姐妹从围炉而坐转到围桌而坐，桌子是炕桌，一根灯绳上垂下一束 15 瓦橙黄的暖光，火炉前父亲用炉钩翻动土豆，滚热的烤土豆在父亲手心里滚动，小时候，我以为父亲的手是不怕烫的，烫土豆在他手里颠来颠去，灰落了，转到母亲手里，热乎乎的，焦黄的土豆皮在母亲的手指间几下就脱了去，她说着“烤土豆趁热吃好吃”，那软软的、绵绵的、沙沙的、甜甜的烤土豆眨眼就卷进我们的嘴巴，裹入我们的肚腹。

又是冬季，我心不甘情不愿地被提前塞进了教室。记忆中这样的状况常出现在那个一年级的冬季——上课的钟声早已敲响，我孤零零地站在厕所里，冻僵的双手怎么也系不上裤带，于是我提着裤子，一头撞进办公室，老师们，也是我妈的同事见到我，哈哈大笑，搓手，接着系裤带，后半堂课我就心安理得又坐到了办公室的火炉旁……

烤火是如此温暖，尤其是冬日的早晨，小屋里有了炉火，熏得人惬意得不想从被窝里出来，父亲有早起的习惯，自我有记忆起，他就是家里起得最早的，起来生炉子，母亲是第二个起床的，她也要早早起来生炉子，她长年当低年级的班主任，她要早早到班里给孩子们生炉子……小时候，我以为父母是不怕冷的……

上学后，我又遇到不少不怕冷的老师，班主任黄老师、李老师，也不怕冷，她和他，总是在我们上学前就到教室把炉火点燃，冬天，当我们走进教室，迎接我们的总是温暖……长大了，我才知道，父母、老师，他们同样怕冷，他们怕冷，更怕我们受冷，所以，他们先于我们，担当了我们的冷，把温暖留给我们……

说到生炉子，也有不会生炉子的老师，可人们还是很喜欢这个不会生炉子的怪老师。听说这位陈老师曾是北大数学系的高材生，“文革”时，被下放到我们老家的农村劳动，公社发现他数学好得不得了，就让他到公社办的中学当了民办教师，陈老师数学课讲得特好，他不仅教本班的学生，而且学校里其他数学老师自然而然都成了他的学生，有好几位老师后来也成了好中学数学老师。“文革”后，他又被调回大学任教，这是后话。当年，公社在中心小学的基础上办了中学，要聘用一些民办教师，陈老师放下了锄头，拿起粉笔，村里人都说“陈老师教书才合适”。

陈老师不会生炉子全公社都知晓，老师们耐心教给他生炉子的工序：在炉盘上先放软柴、然后放硬柴，再放捣碎的煤炭，从炉盘下点火……他频频点头，运用到实践，他总是把次序弄反，把煤放最下面，然后是硬柴，最后是软柴，当然，这种炉子里的火是生不起来的，不过，陈老师挨冻的时候趋于零，总有人来帮他生炉子，因为他的屋子里总有学生请教他，他不知点燃了多少学生心中知识的火种，他的知识之光不知照亮了多少人。他自己就是个火炉，人们也喜欢围着他这个知识的火炉……

炉火的身影渐渐退到生活的角落，隐没在记忆的褶皱里。但，那温暖却是不灭的，存留心底，温暖人生……

发表于 2016 年 1 月 6 日《北方新报》；
2016 年第 2 期《盲人月刊》(卷首语)

养羊记

那年，清瘦的母亲突然胖了，成日忙得像个陀螺似的母亲，有口好吃的总是留给我们，怎么会胖了呢？父亲用他那辆加重二八飞鸽牌自行车驮着母亲到县医院检查，是肾盂肾炎。

父亲按医生开的药方抓回了一箩筐的中药。从此，每天饭后，父亲就在灶火上稳上个熬药的砂锅，房间里弥漫着浓重的草药味……后来，母亲改成服用自制的药丸，父亲把中药材捣碎，用蜂蜜裹成一个个黑色的药丸。渐渐地，胖了的母亲又瘦了下去，父亲深锁的眉头也舒展了一些，只是，母亲的饭量也渐少，找到给母亲开方的老中医，这回他没再开出一长串药名，而是让父亲尽量给母亲吃些有营养的食品养胃养身体。

在那个年代，医生开出的这个营养药方，里面的"药"更难抓。家里唯一能供应给母亲的营养品就是自家母鸡下的鸡蛋。好在天无绝人之路，一个天边的彩霞还在燃烧的傍晚，父亲从山的那一边披着一抹灿烂的霞光，牵着一头奶羊回家了。

父亲的脸上辉映着灿烂，他兴奋地喊哥哥姐姐，让他们拿胡萝卜喂奶羊，而他自己顾不上一路的疲惫，开始收拾柴房给奶羊做羊圈。

我和弟弟也好奇地学哥哥姐姐拿胡萝卜喂羊。它的肚子很大，怪不得这么能吃呢！听父亲说，这是只奶山羊，就要生小羊羔了，到时候母亲就能喝羊奶了，如果奶羊产的羊奶多，我们也可以喝。想让奶羊多产奶，产的奶好喝，就要喂好它。哥哥很郑重地对父亲说："每天放学后我去割青草。"

大约是奶羊吃饱了的缘故吧，我和弟弟上前摸它，它也不用头上的羊角顶我们。这可比邻居家的那只大公鸡可爱多了。那只大公鸡只要看见我穿颜色鲜亮的衣服出来，就过来啄我，下次它要再敢啄我，我就让我家的羊用角顶它。

一个清晨，母亲急着去学校上课，催我们赶紧起炕，我和弟弟老大不情愿地穿衣服，父亲兴冲冲推门进来，说："山羊生了小羊羔，你们不想看看？"我们双腿立刻弹簧般跳到了地上，飞出了家门。进了羊圈，见羊晃悠悠站了起来，它肚子下面真的露出一个白色的小动物，是个超小号的羊，它娇弱得让人心生疼爱。那小可爱跪在地上开始吮吸奶水，它很贪婪地吮吸着，但它太小了，不一会儿就吃饱了，父亲说以后母亲和我们也可以喝羊奶了。每天喝着羊奶粥，身上也散发出小羊身上的奶香，那只奶羊也就把我们当成了它的孩子，我把小羊抱走它也若无其事，毫不理睬。于是小羊成了我和弟弟的玩伴。

读初中的哥哥放学后就拿着镰刀到草滩山坡寻找青草，一背背的青草高过了他的肩膀，染绿了他的脊背……哥哥每天割的青草除了喂饱奶羊，还能剩下一些，晒干等冬季做羊的饲料。

一天，眼看夕阳西沉，哥哥还没回家。母亲着急了，让父亲和姐姐出去迎接哥哥，这个傻孩子，干活不惜力，是不是草割得太多了，暂且背不回来？时间真是难熬……终于等回了父子三人——父亲背着哥哥，有捆青草姐姐背着。父亲把哥哥放到炕上，哥哥的左脚上裹着厚厚的纱布。母亲的身子晃了晃，父亲赶忙扶住她，说："骨头没伤着，孩子看到草好，想多割点，用力大了，割到了脚踝上，伤口已经缝上了。"

母亲转身，说："我给你们热饭。"一会儿，母亲端着奶粥放到炕桌上，她的眼圈红红的，用力眨着眼睛，好像不这样，里面的水就会冲出眼眶。我和弟弟也乖乖的，没缠着哥哥给我们讲故事。

哥哥不能去学校上课了，在家休养了一个星期，在这一个星期里，我和弟弟因为有哥哥在家，可以给我们讲故事，日子过得自由而快活。除去那件事的发生。

哥哥受伤后，奶羊虽然吃不到新鲜的青草了，但之前哥哥割回的草晒干，也足够它吃的。那天，父母和姐姐去上班上学了，哥哥专心读一本书，根本没注意我和弟弟在做什么。我和弟弟到屋后山坡上的树林玩，下坡时，我发现半山坡的青草绿油油的，有的草叶上还滚着露珠，多么青嫩的草啊！要是把我们的羊带到这里，它是不是会很开心地大吃一顿？我把这一想法说给弟弟，他也激动地跃跃欲试，我们要让父母大吃一惊，我们也能带着羊吃草了，能喂羊了。

我们马上跑回家，打开羊圈，小羊已经是我们的同伙，跟着我们就走。羊妈妈也很信任我们，我们一拉缰绳，它就跟着我们走了。到了坡上，让我们感到扫兴的是，草上的露珠少了，有的草叶上的露珠已经干了。不过，有几天没吃到青草的奶羊还是吃得很香，小羊在草地上打滚，和我们玩……

当我们悄悄拉着羊回家，进到屋里，哥哥还在读那本书，一点也不知道我们干的好事。我们很耐心地等待，等待父母回家喂羊时发现羊已经吃饱，寻找答案时给予我们表扬。

我们等来的却是父亲铁青的脸和责问。羊在拉稀，他要寻找原因。我带着哭腔如实交代，弟弟也吓哭了。我们不怕父亲的责骂，挨打也是应该的，我们怕的是羊真的被我们喂病了，怎么办？

父亲知晓情况后，急匆匆去找兽医，我们这才知道，羊是不能吃带露水的草的。有经验的羊倌放羊，总要等日上三竿，把草上的露珠晒干后。

外面传来的一声声羊叫，不再是呼唤，而是呻吟，我的心乱麻麻的，想为羊做点什么，给它喝我跑肚时喝的药，却怕又喂错了。

我学父亲思考问题时的样子，在羊圈前走来转去，转得头晕眼花时，父亲带着兽医来了……

谢天谢地！羊没事了。母亲的脸色也慢慢和我们一样有了红晕，到县医院检查，化验单上也好长时间没出现加号，母亲的病好了。哥哥的脚上有了条疤，但他还是坚持去割草……

县二中来招生，把哥哥招走了。和哥哥一起走的还有几个班里的好学生。

我们刚和哥哥依依不舍地告别，家里就来了个不速之客。他要带走奶羊和小羊。母亲说这位叔叔家有了小宝宝，可他家的婶婶没奶，急需头奶羊喂孩子……

奶羊是必须走了，我和弟弟挽留不了它，就提出来把小羊留下。我们实在舍不得和小羊分离。它已经成为我们的小伙伴。可母亲说："你们不想和小羊分开，可你们把它留下，就把它和它妈妈分开了，它就吃不到它妈妈的奶了。你们怎么把它喂大?"这个问题把我们问住了。就算小羊现在开始吃草，我们也割不了草。至于放羊，上次闯的祸父母还没和我们算账呢。接受分别的事实吧。

那人一手牵着奶羊，一手抱着小羊在前面走，我和弟弟哭着跟着他走，那位叔叔受不了两个小泪人跟着他，就把小羊放下，让我们抱一会儿，我把在呼市上班的二舅给我买的心爱的红围巾给小羊围上，叔叔说："羊是不用围巾的，这么好看的围巾，你自己围吧。"红色的围巾裹着雪白的小羊，很漂亮，小羊不时用头蹭蹭柔软的围巾，我觉得它是喜欢我送的围巾的，我执意给小羊围上，在泪光里目送它渐渐远去……

发表于 2014 年 11 月 10 日《内蒙古日报》；
2016 年第 3 期《盲人月刊》

那知青　那罐头

那是“文革”后期，做乡村教师的父母因为父亲的破产地主成分被调来调去，哪里需要去哪里，是“革命的螺丝钉”。还在襁褓中的我就开始随着大人在乡村公社之间迁徙。当地人把到一个陌生的地方居住、生活叫“跌生茬子”，意思是适应一个新的生存环境不容易。我们常搬家，常“跌生茬子”，每到一个新地方，总会和当时每个村子都有的知青很快熟络起来，都是“跌生茬子”，那些知青更是从北京天津等大城市“跌”到了内蒙古的山村，父母和他们比起来，还是本地人，因此总会给予知青们力所能及的帮助。

我曾听母亲回忆，那些知青来内蒙古时有的只有十几岁，在城市长大的孩子突然下到农村，那才叫吃苦，得学干农活、生火做饭、缝补衣服……当时白面是细粮，供应得少，农民吃到的机会也很少，一年的大部分光景是吃当地产的莜面、玉米面等粗粮。知青们不会做莜面食品，母亲就手把手教知青们搓鱼鱼、擀囤囤、捏窝窝……每年村里来卖小鸡的，勤快的母亲都会买一些来养。母亲会把积攒下来的鸡蛋送一些给知青吃，逢年过节也会请知青到家里吃饭。

从母亲的回忆里，我知道了记事前关于我的一些事情。听说婴儿时的我很可爱，有人逗我，我总会绽放笑容。村里有了我这个爱笑的小娃娃，而且是出自富有爱心和同情心的我母亲——李老师家，知青大姐姐们就常到我们家逗我玩。母亲上课时，就让姥姥、奶奶和亲友轮流照看，期间有半年是由快上学的姐姐看管的。有一回，村里的小伙伴邀姐姐出去玩，姐姐打算玩一小会儿就回来，结果母亲回来喂我，发现我不在家，母亲找到和小伙伴一块踢毽子的姐姐，姐姐见把我看没了，吓哭了。

母亲正要大张旗鼓地寻找，知青大姐姐把我送了回来。这样的事情多了，母亲也不担心，只要不见了我，就到知青点找我，一准能找到。知青大姐姐要回家探亲，母亲总会给她们煮一些鸡蛋、烙烙饼给她们带上，让她们在路上吃。而我的口袋里不时出现的几颗糖是知青大姐姐抱我玩时悄悄放到我的小衣兜里的。

我记事时，“文革”已到了尾声，还有些知青没有被招工回城，一些有文化的知青成了乡村代课老师。记得后来父母调去的一所公社学校中学小学不分校，那里就有好几位知青老师。那时候我能走能跑了，没幼儿园可上，母亲上课时就把我带到班里，我是个乖孩子，要么站在板凳上听讲，站累了就坐在课桌上听，不想听了，就溜出门去，到校园里当“巡视员”。

老师们都认识我这个巡视员，也不怕我的巡视，和我玩得最多的还是知青大姐姐老师。她们常把我抱回她们的宿舍，给我吃几块饼干什么的。

有一回知青大姐姐老师又把我带回宿舍，吃完了饼干，喝过了糖水，我要走了。知青大姐姐老师从箱子里取出两个铁罐子，她告诉我这是罐头，很好吃。她绕着我转了一圈，又拿出她的一根裤袋扎紧我的棉袄下摆，解开扣子把两个罐头塞到棉袄里。需要说明一下，小时候母亲很有先见之明地把我们的衣服都做得大几号，以便我们能多穿几年。看着肚子鼓囊囊的我，知青大姐姐老师笑了，她又神秘地对我说：“这是咱们俩的秘密，别告诉别的小伙伴，你到你妈的教室找你妈妈。一定记住了。”我用力点头。当然我不辱使命，按知青大姐姐说的，直接到了妈妈正在上课的教室……

那天晚饭，我第一次吃到了牛肉罐头，这也是我们家第一次吃牛肉罐头，我们都说好吃。父母说：“这么好吃的东西只有城里才有，你们想吃，就要好好学习，有知识有本事才能到城市吃到罐头……”

后来，知青大姐姐大哥哥们陆续回城，父母也因工作调动离开原地，与知青大姐姐大哥哥们失去了联系。

再后来，我们也到了城市读书、工作、生活……每当开启罐装食品，就如同开启了儿时的记忆……春风又要吹绿大地，请你捎去我对知青大姐姐大哥哥们的祝福！

发表于 2014 年 3 月 5 日《北方新报》

闹元宵

那是 1983 年春，我写了第一封信。这封信是写给在北京读大学的哥哥的。在信里，我和哥哥说了家乡凉城县闹元宵的热闹情景，因为这对我来说是件大事，我和弟弟、爸妈也成了让元宵节红火热闹起来的一分子，我们从外围的观众走进了秧歌队。这一年，凉城县教育局对“正月里来闹元宵”俗话叫“办玩意儿”的形式也进行了改革，把从县城各学校抽调的老师组成了秧歌队分队，每个学校组成各自的小分队，父亲成了学校秧歌队鼓乐组的成员，母亲扭起了秧歌，父母怕我和弟弟玩得忘了回家，和秧歌队队长——校长说了，让我们成了鼓乐组的小跟班，许诺我们也是鼓乐队的候补队员。

正月里，老师们拜年聊的就是“办玩意儿”，临时凑起来的班子曾想在十几天内练成踩高跷的高手，可那是不可能的。那就组织个秧歌队吧，学校家属院的孩子彩排时就赶去凑热闹，锣鼓声响起来，秧歌扭起来，平时活跃的更活泼，平日严肃沉稳的，卖力扭腰摆胯甩胳膊，像在跳太空舞，很有喜剧的效果。

排练间隙，老师们还要制作秧歌队需要的道具，有花灯、毛驴、旱船……花灯一部分是要集中挂到自由市场，在元宵节供全县人们观赏猜谜；还有一部分是秧歌队用的，这些花灯是一对对的水果灯，学校的一些小运动员挑一副副花灯，打扮成传说中的神仙，每个花灯里固定着一根粗壮的红蜡烛，他们排练时就神气得如同真成了小神仙！

花灯的架子由男老师编制，女老师往上糊彩纸彩纱、贴挂饰品。一个绣球，让我顺利通过了试用期，加入了做绣球的小组……

正式表演是在正月十四、十五、十六三天晚上。白天把从乌兰牧骑借来的服装穿上，按角色化好妆，老师们你看看我，我看看你，哈哈大笑！滑旱船的张老师打扮成了个小媳妇，他的皮肤白皙，涂上胭脂，老师们打趣："瞧这小媳妇脸蛋白里透红，身板也壮实，干活也是把好手，谁家的媳妇呀？"张老师的媳妇郭老师笑："我家的媳妇呀！"笑声更亮……

身体瘦小的孙老师扮演老太太，大伙说："孙老师，你上街不用表演了……"女老师没有反串，她们不少人是第一次化妆，我也是第一次看化妆，只见白的粉末簌簌扑上脸，浓郁的香气发散开，脸蛋白了，然后嘴唇被染红，如花瓣，眉毛也黑了，成了细长的弯月。女老师们与镜中的自己对望，也互望着似曾相识一张张鲜艳生动的面庞。有的老师说："是不是有点浓了，结婚时都没这么化过妆。"化妆的说："那更应该把妆补上，来，来，来，我再给多画点，保准你家那口子见了你，也不敢认。"

这年的正月十四眨了一下眼就到了，预赏试灯中，欢庆的热闹就此在全县的街道大院蔓延开来，我们就是那开放在火树上的欢乐之花。"东风夜放花千树，更吹落，星如雨。"礼花绽放在深蓝的夜空，这是小城的人们首次看到这么高远壮丽的烟花，没有高楼阻挡视线，无论此刻在街头巷尾，还是正要步出院落，抬起头，那光芒，那满天的星光就此落入眼瞳，点燃热烈的火苗，照亮新的一年……街道两旁各单位张灯结彩，大门口都垒起了旺火，县城的男女老少评论着今年哪个秧歌队表演得有特色，哪个队的丑角把人逗得合不拢嘴？哪队的高跷脑阁技艺不一般……还有项猜谜活动，不光是猜灯谜，还要猜化了妆的表演者是谁呀？小城里的人，平时都认识啊！

当我听着父亲和几位男老师抡起鼓槌，鼓声震动耳膜，回荡周身，就在那一刻，我明白了"震撼"和"鼓舞人心"是啥意思。我全身的毛孔都被这声音舒张，每一根毛细血管都在兴奋地膨胀，我好像听到了血液在心脏和血管间的奔涌……终于，我拿到了鼓槌，铆足劲，一锤下去，没有想象的一鸣惊人，那鼓点化为了一个雨点，汇入了声音的海洋……后来，读到宋词的"宵鼓灯影"，那文字如鼓点在心头奏响铿锵的鼓音——难以想象，没有鼓声伴奏，秧歌怎会踩出那么欢快的脚步？蓦然回首，昨日的鼓点依然寥落在心海……

秧歌队的表演线路就是人潮涌动的街道，设有旺火的单位大院就是分支出来的各个表演点，这些单位会给进院的秧歌队分发茶叶糖果香烟等年货做红包，回去后，队长分配给队员。欢庆之后还有收获，这分享收获又是份欢乐……

我和弟弟可以随意出入秧歌队，每当秧歌队要在一个大院多停留一会儿，我们就到街上观摩别的秧歌队怎样喧腾，不过，我们可没有乐不思蜀。扭秧歌打鼓真是累并快乐着的一项活动，途经我们家属院附近，父亲叮嘱我和弟弟回家休息，担心我们跟不动。我和弟弟听话地回家，吃了根麻花，喝了杯水后，那不时从街头传来的鼓声一声紧似一声，催促我们："快点呀，秧歌队要走远啦！"于是我们的精神头又被鼓声击起，飞奔归队。

发表于 2015 年 3 月 4 日《北方新报》

在时光里流动的香海

第一次我的眼光被你绿中泛蓝的香海粘牢，是个刚能自由活动的孩童，你用飘不尽的香拥抱我，在你头上唱歌跳舞欢迎我的是嗡嗡的蜜蜂和翩翩的蝴蝶，蓝蓝的花海随风翻涌，从此我的头脑中有了你！

也就是在那时，我知道了你的名字——胡麻。这是老家人对你的称呼，长大了，我还知道了你有个学名——亚麻。蓝色的波浪是胡麻枝叶上一簇簇蓝色的花朵。那蓝晶莹、纯净，与蓝天面对面，那透明的蓝天就深沉了几许，只因嵌入了你。花一朵挤着一朵，繁盛成香海……走在田野，采几朵野花，于我是平常，看着你，却不知怎么下手。摘一朵大的，紧挨着的那朵小的也会掉下来吧？摘去那小的，那花团就不圆了吧？我终于没下手。后来我知道，这些蓝色的花慢慢会成熟结籽，每朵花就是一个籽粒饱满的花苞，里面包裹着十几粒甚至几十粒的胡麻籽。

再见到你，我长高了一些，你也长高了一些，你的颜色从下绿上蓝变成了通体的亚麻黄色。一株胡麻就像一棵袖珍树，枝丫上垂挂的是一个个胡麻包，摇晃着丰收，快来收割吧。不然，壳子晒爆了，香味就要溢出来了！

等到农人们把胡麻收割，用碾子把胡麻壳压碎，让那些金灿灿的胡麻籽跳出来，压榨成胡麻油，那香味更是充溢了一个个乡村……新麦收仓，性子急的磨一盘新麦，炸一锅油饼，让油香掺着麦香告诉村人：闻闻这香味，今年我家可是打头榨胡油的。

慢性子的心里嘀咕：更香的在后面呢！果真，处暑到了，黍子收割了，磨坊里推黄米的人排起了队，很快，榨油糕的香味弥漫了村庄，远远近近、丝丝缕缕，缠绕鼻间，久久回旋……过年时，更是家家户户要做油炸年糕，那香味是关不住的，从门窗缝里挤出来，从偶或张开的门里、从烟囱里扑出来，那香味撞进路人的心怀……

接着用这口油锅炖一锅烩菜，那胡油的香味渗透进各种食材里，唇齿留香，吃了一碗还想舀一碗……

吃饱了，该下地干活了。还有土豆在地里等着呀。胶皮轱辘车上平躺着一个个麻袋，上面压着箩筐和铁锹，一阵说笑把车带到土豆地，那上了辕的牛，吃上了青饲料之外额外的营养——麻生，浑身长了劲，哞哞地叫，随时准备着秋收后的犁地……一个个黄皮的红皮的紫皮的土豆先进了箩筐，又进了麻袋……很快，我们家地窖旁就会堆放着几袋这样的麻袋。当我可以参与给土豆分类的活动时，我就知道了这麻袋就是用胡麻茎秆加工的。我还知道了榨油后的油渣叫麻生，牛吃了，会生出力气，猪吃了，肉也格外香……

多少年过去了，我在挑选一顶遮阳帽，老板给我推荐了几款，我说："就要这顶吧。"老板说："您真识货，这是亚麻做的，亚麻可是天然植物，透气，凉爽，还有质感……"我和老板讲价，老板坚守他的价格，理由就是这是纯亚麻的。

我的眼前忽然浮现出那些廉价的麻袋，它们也是纯亚麻制品，好便宜呀！我不由笑了。想起老家那个做过麻袋的亚麻厂，如今亚麻的茎秆送进去，摇身一变，也会变成端丽的亚麻布了吧?!

又传来消息，胡麻籽冷榨精加工，是很好的软化血管预防动脉硬化的保健食品。原来你还秀外慧中，我打小就被你的香味熏陶，得到你的滋养，却要在时光的流动里，在你被远方的人发现你的价值时，才回味你那独特的香，回溯到那一片片香海……

写于 2015 年 4 月 20 日

蝈 蝈

夜色已浓，睡意却无。闭上眼睛，不觉间又闯进月下虫鸣的记忆深处。窗外，蝈蝈笼悬在月光里，蝈蝈趴在笼里，照在月影下，或委婉，或清脆地歌唱，一声接一声，把声音连成了高低起伏的节奏，把秋叶唱成了舒心的催眠曲……

在梦乡里，我回到了故乡，回到了逮蝈蝈的旧日时光。蝈蝈可不好逮，它会跳，也会飞。在家乡，人们也叫它“叫蚂蚱”。它最喜欢住在莜麦地和胡麻地等茎叶繁密的庄稼地——因为这些地方好隐蔽。

一听到蝈蝈的鸣叫，我的魂就被它勾走了，不由自主随着叫声寻那声音的主人。立秋后，日头照得暖暖时，是逮蝈蝈的好时日，蝈蝈也是喜欢阳光的，阳光照在翠绿的蝈蝈身上，照在蝈蝈黑红相间的前翅上，蝈蝈瞪着圆溜溜的眼睛，扭扭圆滚滚的肚子，舒服地扑扇扑扇翅膀，那翅膀就会发出欢乐的叫喊！就在蝈蝈享受它的阳光浴时，我蹑手蹑脚过去，出其不意地下手，就在它愣神那会儿，赶紧把它小心翼翼捉进蝈蝈笼里。逮蝈蝈也是个技术活啊，可不能使劲捂住蝈蝈，要是把蝈蝈的一双前翅捂折了，蝈蝈的歌声不再清脆悦耳，它的演奏就变得沙哑了。捉蝈蝈时也不能拉扯它的翅膀，可得好好保护它，这对翅膀非常娇贵。

蝈蝈的住所就是用柳条或莜麦秸秆编织的蝈蝈笼，姥爷和父亲都能编织露着小眼、开着小窗的蝈蝈笼。把蝈蝈笼挂在屋檐下，它们就组成个乐队。月亮和星星出来，照在蝈蝈笼上，有了光，开始独唱，然后合唱，直到万籁俱寂，它也唱累了，睡吧！

姥爷下田干活时，我就和蝈蝈玩捉迷藏，随着一次次扑空，我要逮住它的心情更为热切，终于一个小蝈蝈被我的小手捂住，就在它即将成为我的俘虏时，蝈蝈张口咬住了我的手指，我边叫边跳开，那小蝈蝈比我灵敏，早就在我跳开之前蹦远了，隐没在一大片绿色中……

最终，还是姥爷用他那双不怕蝈蝈咬的、长满老茧的大手，给我逮住了一个个绿色的小精灵。

蝈蝈是很好养的，早晨，用嘴把清水喷在蝈蝈笼上，它就会用嘴巴吮吸秸秆上挂着的水珠，蝈蝈喜欢吃番瓜花，深秋，没了花喂它，把番瓜瓤和白菜叶放到笼子里，也就是蝈蝈的饭食了。甜甜的胡萝卜嚼碎，放进蝈蝈笼里，看几只蝈蝈抢着吃，就像今日看足球比赛一般……过中秋节，把西瓜瓤放进去，更能观看到一场大赛……

姥爷知道我喜欢蝈蝈，在田间劳作时，他也不忘给我逮蝈蝈。有一年，姥爷给我送来好几只大蝈蝈，那声音叫得那个脆！我在小伙伴面前炫耀我的蝈蝈：“瞧，它们多漂亮！唱得多好听！”

第二天早晨，我一爬起来，就去喂我的蝈蝈，可一推门出去，咦！昨天晚上明明父亲把蝈蝈笼挂在了屋檐下，怎么不见了？蝈蝈笼哪儿去了？我的蝈蝈哪儿去了？我试图寻着蝈蝈的叫声找到它们，可找遍了房屋的周遭，屏息敛气，就是听不到蝈蝈的声音，我盯着邻居二丫家那只可恶的大公鸡，怀疑是不是它把我的蝈蝈吃了？

我把此事告诉父亲，父亲说：“昨晚风大，把蝈蝈笼刮跑了。蝈蝈会飞，你的那几只蝈蝈个头也大，那只公鸡想吃蝈蝈，蝈蝈早飞跑了。说不定，你哪天和弟弟玩，就能碰到它们呢。”

但我还是为丢失的蝈蝈哭泣，父亲答应我星期日驮着我找姥爷，再让他给我逮蝈蝈，我才止住了哭声……

此后，晚上睡觉时，我就把蝈蝈笼带回家，秋意渐浓，草枯叶黄，许多秋虫销声匿迹，庄稼已经收割，草丛里也听不到蝈蝈的叫声了，可我家的蝈蝈还叫得很欢。天冷了，即使白天我也不敢把它们带出屋，害怕它们抵受不住寒冷。到了冬天，我把蝈蝈笼放到了炕头上，我想让它们和我一样在暖融融的炕头上度过这个寒冷的冬天，第二年春天到来时，再陪我出去……

那几只蝈蝈绿色的外壳渐渐变成了红褐色，我把它们一只只小心翼翼地放到炕上，它们的动作没以前敏捷了，我很惊讶，难道它们也老了吗？它们怎么会老得这么快？

然而，我的蝈蝈们还是老去了。我想把它们埋在雪堆里，春天，雪化，草长，我的蝈蝈们又会在草丛里歌唱欢乐……

发表于2015年7月22日《北方新报》

屋后的秋林

弟弟回家探亲，他给老妈带回本平板电脑，老妈为难，说这高科技是年轻人玩的，不肯学用。弟弟为了激发老妈用它的兴趣，点开卫星地图，手指在屏幕上划拉过来划拉过去，不一会儿，我们家所在的街道名称出现了，楼房出现了……

老爸老妈都被这个卫星地图吸引，于是在老爸老妈的方位指导下，弟弟搜索起我们想去的地方……

我们最想去看的都是我们曾经居住过的地方，想知道它们如今呈现在卫星地图上的模样。

就要回到屋后那片树林了吗？打我记事到学龄前那段时期，屋后山坡上的树林，林间的那条小溪，是镌刻在记忆里最美的画。

这幅画是动画，从春到冬，它的颜色在阳光雨露下变幻，那里是我们嬉戏玩耍的乐园，无论是笔直的白杨，还是歪脖子榆树后，都藏着如许的欢笑……而当秋色染上枝头，林间那成熟的野果更让我们钟爱它。

这或许是人们喜欢称呼秋天为“金秋”的缘故吧？我

想，假如每个季节都有它的底色，秋天的底色就是金色。秋天金色的东西，实在是多。那黄灿灿麦浪翻滚，迎风送香，大片大片映入眼帘。就连那黄瓜，也由绿转黄，挂满藤架。毛豆更是黄荚，柿子、梨子也黄澄澄缀满了枝头，一众瓜果、蔬菜不少都已黄了叶子，好似完成了一季的使命，一副尽责后的圆满，排着队把成熟的果实交于人们。

这金色就是收获的喜悦，就是大人们的慷慨，就是孩子们的欢宴……那屋后的树林，开始无私地付出——夏日青涩的野果变甜了，吃罢果子，叶子开始飘落，一层层，铺成黄色的地毯，秋阳正好，透过枝丫，撒在这金色的地毯上，把水分晒干。当我拿着父亲扎的小耙子，跟着哥哥姐姐来到树林，用耙子将这层金色地毯卷进袋子，听着刷啦啦的脆响，它们会是家里奶羊冬季的饲料，也是灶膛里噼啪燃烧的火焰……哥哥和姐姐还会把干枯的树枝捆好，背回家，做冬季取暖的烧柴。

树林非常善解人意，它们不会在一夜之间把叶子任性地摇落，当阳光把这一层黄叶晒得差不多，人们收起存放它们，不用担心叶子们会腐烂时，下一批落叶才会随风扑向大地，直到最后一片落叶归根，又为下一季的奉献积蓄能量……

当密匝匝的绿色渐渐转黄，那是四季中身体的每个细胞都叫喊着舒爽的时日，我总希望这时日长一点，金色离开视线慢一点，再慢一点……然而，我挽留不住时光的脚步，只好一次次按下心灵的快门，摄下这醉人的画面。

在炎炎的夏季，我期盼着秋色的降临，秋如约来了，就在心底复制着这绵绵的美，想把它覆盖到冰凉的冬日。它是这般的渗透饱满，又是这般温和大方。矜持中微露雍容雅韵。

这秋色美景总在我们心中无限缱绻，多少文人描绘你的容姿，蕴含着深邃，飘逸着静谧，让人情思缕缕。

思绪一如秋色婷婷，轻扣心扉。静静地聆听窗外秋风中叶儿飘落的声音，想要回到那片树林的心情更为迫切。

近了！到了！我们梦中呼唤过多少次熟悉的名字，就是地图上标志的这个名称？放大，再放大，寻寻觅觅我们曾生活的村落校舍，却没有。那块区域涂上了绿色。父亲说："老家也在山区实施退耕还林还草，人们搬离了这里吧？"

再也回不到从前。当再次相逢，已然故人沧桑，林子还会依旧吗？孩提时我们盼着长大，个头大了，又盼着心智成熟，然，成熟后呢？繁华散尽，是平淡落寞登场了吧？就像那季节的轮回，我们留不住季节的脚步，无论我们是否喜爱，它总是不紧不慢地走着，我们只能一路顺其自然地欣赏季节带给我们的不同风景……村舍消失了，生活的印记没了，自然却还给我们广袤的森林草原……

默诉相思，是不是秋雨绵绵如泪滴纷纷，在追忆逝去的年华？是不是落叶声声亦是秋在轻轻叹息？然而秋自己呢，有如许的无奈吗？秋去人留，人走秋回。聚也依依，散也依依。

那金色的落叶漫天飞舞，那如水的秋夜秋风，那朦胧的秋山秋水……我想象着你的如今……

发表于2015年第9期《盲人月刊》

鸡蛋风铃

我有位盲人朋友开了一家按摩店，第一次到他的店里，推开临街的玻璃门，刚把大门合上，就听到楼上有人高声说：“您好！请上二楼。”

我诧异了，这位朋友是位盲人按摩医师，他店里的其他按摩师和徒弟也都是盲人，店里唯一的明眼人就是每天来给他们买菜做饭的钟点工，可现在这位钟点工还没来呢。他们是怎么知道有人进来的？

这是个两层的商业用房，一楼是客厅、厨房和卫生间，楼上就是按摩房了。

我边朝楼梯走，边寻思楼上的几位盲人按摩师是怎么知道我进来的，忽然有了答案——一位顾客进来了，我没听到推门声，是风铃清脆的响声提醒了我，是的，刚才我的到来就是这串风铃报告了楼上的盲友——大门上挂了一串风铃。只要门一开一关，那风铃就会迎风而动，我不禁对盲友的创意感叹不已！

这风中吟唱的铃声，令我想起大姨手工制作的鸡蛋风铃。

大姨比我母亲年长10岁，在那个兵荒马乱、缺医少药的年头，在母亲之前出生的几个哥哥姐姐先后夭折，存活下来的母亲虽是个女孩，也备受家人呵护，大姨也自然很疼爱这个小妹妹，母亲说她小时候就是大姨的跟屁虫，大姨17岁时就嫁到了外乡，花轿来抬大姨，母亲非要跟着大姨走，弄得大人们哭笑不得，好不容易把母亲从轿子里哄下来……受旧礼教的影响，姥爷姥姥把大姨的脚缠成了小脚，也没让她上学，大姨就把聪明灵巧用在了手工制作上，做一手好女工活那时是被家长和社会支持推崇的，于是大姨不仅有一手很好的针线活，还会剪纸、贴画等等。

当母亲到了入学年龄，赶上了好时候，新中国成立，妇女被解放，母亲不仅没被缠脚，而且有机会上学了。大姨自然为她的妹妹能上学而欢喜，她也曾巴望着和男孩子一样背起书包上学堂，这样的愿望能在妹妹身上实现了。17岁的母亲考上了师范，却为总共40元的费用发愁，大姨把她家的一头小毛驴卖了，资助母亲读完了师范。这件事情母亲和我们说了一遍又一遍，为了表现做子女的孝顺，每次我们都作出宛如第一次聆听的认真态度。而当母亲和大姨两位儿孙满堂的老人坐到一起，母亲又谈起这事，大姨却很平淡地说：“多少年的事情了，你还记得？那钱你早就还了……”

我清晰地记得，那一年，父母被调到一所山区公社学校工作，那时候没有电话，山区的路又不好走，可有一天，大姨突然来到我们家。母亲和大姨好几年不见，大姨的到来，真是带给母亲莫大的欢喜。打问大姨为何能撇下一大家子，扔下地里的农活来看母亲。

原来是大舅到大姨家，告诉大姨母亲得了肾盂肾炎，大约是过度劳累造成的。大姨一听，就把自家攒下的鸡蛋拣那些红皮的，装了一篮子，怕路上磕碰着了，还小心地用麦秸护着，让大表哥陪她来了。这一路，有的地段没通汽车，大姨的那双小脚不知挪了多少步，而她挎来的那篮鸡蛋竟然没摔着。

大姨在我们家住的那段时间，让母亲好好休养，她在给母亲打鸡蛋汤后，就用那红皮蛋壳做了风铃。

大姨不是拦腰把鸡蛋磕条缝子，而是在鸡蛋的小头磕个小洞，当蛋液从小洞流出，一眼扫过去，蛋壳还是个鸡蛋的样子。只见大姨的手指顺着蛋壳打出的那个小洞边缘掰了几下，小洞变大了一圈，她又拿起一个蛋壳，也把顶上那个小洞掰大了，然后把两个蛋壳的洞口对住，一合，小一点洞口的蛋壳就套进了稍大一点洞口的蛋壳里。

太好玩了，我抓起个蛋壳，也学着大姨的样子掰蛋壳，没想到大姨粗大的手指把那个小洞掰得齐整，我的小手指上去一掰，蛋壳就出现个大豁口……再来一个，这次豁口更大了……因为有我帮倒忙，大姨好几天才攒够做鸡蛋风铃的成品蛋壳模型——套在一起的 6 对蛋壳。

大姨说，做鸡蛋风铃有用6对蛋壳的，寓意六六大顺，也有用8对的，她希望我们岁岁平安顺意，母亲的病尽快痊愈，就做了6对的。接下来，大姨把彩纸剪剪贴贴，她剪下的图案就是些小细条、小圆点……可把它们贴到蛋壳上，竟然有了模样，最后一圈彩纸贴在两个蛋壳的接缝处，好像给它围上了条围脖。大姨问我："你看像什么?"

我小心捧起来，它很像画报上画的布老虎娃娃。这次我猜对了。民间，老虎有山中之王的美誉，挂一串虎娃风铃在家里，可以驱邪避灾。

我看着炕上圆滚滚的虎娃，想不出来怎么把它们挂起来。

大姨有的是办法：过去家乡凉城县许多农家每年种一片高粱，用它和小米酿醋，高粱秆编织缸盖、笼盖、筷子筒等，高粱秆几乎家家备有，彼时，它又成了挂鸡蛋风铃的架子，三根一样长短的高粱秆交叉捆紧，用彩线打个活结套在虎娃的"围脖"上，然后把它们拴在高粱秆伸出的6只手臂上，在交叉处再拴根绳子，把风铃吊起来。风儿一吹，手臂摇动，听，虎娃们轻轻碰头，那声音脆生生的，随着风儿轻言细语，抚过耳膜……

母亲的病几个月后痊愈了。那串鸡蛋风铃却一直摇啊摇……

发表于2014年12月19日《北方新报》

岱根塔拉的芦花开了

小时候，听二姥爷说他爷爷是从海南挑着担子来到三苏木的。我瞪圆了眼，那么远！难道我母亲的祖先是海南岛人？二姥爷的白胡子笑得颤动，他说，海南是岱海的南岸。岱海古称“天池”，又叫“大海”。到了汉代，它叫“诸闻泽”，魏人叫它“盐池”，也称“旋鸿池”，俗称“葫芦海”。宋代叫“鸳鸯泊”，清代蒙古人称之为“岱根塔拉”，后称“岱海”。

夏季的岱海是天然的浴场，父母刚当教师时任教的学校，就在岱海边，他们一下课就带着学生到海边玩耍……

“文革”前的一年暑假，岱海迎来了一批来自北京的大学生，听说他们是来参加军训的，不知是他们预先就选定了在岱海驻扎，还是来到这里后就不想走了，总之，整个暑期他们都在岱海附近拉练锻炼。村里人看到这些大学生，有男有女，穿着很少很怪的衣服，听说那叫游泳衣。他们先在海边堆起一个个沙堆，就趴在那一个个松软温热的沙堆上，像青蛙似的扑腾，连续几天后，他们身上套着像汽车轮胎似的彩色圈子下了水，听说那彩色圈子叫游泳圈，人们这才明白这些大学生是在学游泳，会游泳的大人孩子就笑，游泳还这么费事，到底是城里人，干什么都要有一道道工序。

在家乡凉城县人看来，岱海就是个宝葫芦，有24条河流在源源不断流向这个宝葫芦，汇成1600平方公里的广袤湖区，它是芦苇、荆三棱、蒲草、水葱、菹草、藜草、杏草、睡莲的乐土，也是青鱼、草鱼、鲤鱼、鲢鱼、甲鱼、银鱼、泥鳅、螃蟹、虾等的乐园。青黄不接的岁月，大人小孩来草滩挖野菜，掏芦苇里的野鸭蛋，父亲小时候就常来摸野鸭蛋，那是岱海滩居住的孩子们的寻宝游戏。

孩子们还玩抓鱼的游戏，只要一下雨，半大的鱼和小鱼就会逆流到河里，在河和湖的汇聚口，捉鱼一抓一个正着。父亲说，建国初期，每到雨后，到县城卖鱼的也多，5分钱就能买一斤鱼，和一斤小米、一斤盐的价格一样，那时候人们还不知道吃鱼能聪明，因为吃不到肥猪肉，只好吃鱼了——鱼肉也是肉啊。岱海周边的村民发觉还是大鱼好吃，尤其是大鲤鱼，于是有人学会了叉鱼。据说有个叉鱼大王，他身手不凡，站在湖里的浅水处，拿着长长的鱼叉，一条大鱼冒出头，他一叉子飞出去，那鱼就被叉子叉牢了，要问那大鱼有多大，今天真的是很难见到了。那时的大鱼似乎特别多。有一年，父亲和学校的赵老师合伙从村民手里买了一条大鱼，有几十斤重，就是用鱼叉叉到的。他和赵老师都没有杀鱼的经验，他们给鱼来了个腰斩，一人一半带回家。父亲年轻时很少做饭，那天他没等母亲回家，想露一手，就动手剖鱼煮鱼了。不知是分鱼时还是后来剖鱼时把鱼的苦胆弄破了，很鲜美的鱼肉成了苦的，后来学会了做鱼，却再没见过吃过那么大的鱼。赵老师家煮出的鱼味道如何？我就无从考证了。

说到岱海，眼前就不由得翻涌出与湖水相依相伴的芦苇荡。最初吸引我的可不是《诗经》里的意境："蒹葭苍苍，白露为霜"，而是父亲讲的掏野鸭蛋的经历引得我也想去。父亲说，茂密的芦苇里，不仅有野鸭筑巢，天鹅、鸳鸯、鸬鹚、银鸥、大雁、灰鹤等也会飞来暂居。那些鸟儿都机灵着呢，野鸭虽然飞不高，也不笨，它们的窝做得很隐蔽，这越发激起了我的兴趣。

父亲进了芦苇荡，却让我在外面等着。没多久，我便被捡野鸭蛋的念头牵引着，进了芦苇荡，走着走着，一颗蛋也没找到，一抬眼，我被连天接水的绿色芦苇包围了，朝前走，是芦苇，朝后走，还是芦苇，我大声喊父亲，父亲不知在哪里，没有答应我。我吓哭了。父亲是不是找不到我了？我把自己弄丢了。在我的哭声减弱时，我听到了父亲边喊我边向我走来的啪嗒声……

那次寻宝失败没有成为教训，之后，芦花盛开的季节，我又屁颠屁颠跟着父亲去了。那时的芦苇株株绿茎上绽放了芦花，飞起的花絮，落在脚边。拾起一团这样的棉絮，我好像发现了新的宝贝：这么多棉絮，用他们做棉衣，妈妈不就用不着花钱买棉花了吗？可父亲说芦花做棉衣不暖和，做枕芯还行。

那年冬天，学校又要到岱海海滩拉芦苇，我想看看怎么湖水结冰了才去收割芦苇。由远及近，一大片连天蔽日的金黄扑入眼帘，在冬日的照耀下，那金黄摇曳成金色的波涛，而那金黄的芦苇荡下面就是冰封了的湖面。人们要收割的就是露出冰面的芦苇。踩着坚实的冰面，收割芦苇就轻松多了。即使留在冰面上的芦苇也有几米高，据说每年冬季芦苇都要收割，不然，第二年就不会发芽。

此刻，正是又一个芦花开放的季节，我的眼前飞扬着白的、绒一样的芦花，它们落到湖面上，漂远……

发表于 2015 年 10 月 28 日《北方新报》

大山里的贴画

过年喽！在童年的记忆里，那是能让身体每个细胞充满愉悦欢欣的节日——不光是味觉和嗅觉的饕餮享受，就连听觉和视觉也会感受到不同平日的待遇。年画就是过年带给视觉的热烈喜庆之一。

儿时，我们老家过了小年扫尘后，粉刷一新的白墙上会贴上一张张年画。每想起那些年画，里面的人、物、故事就灵动起来，年画分单张和四扇屏两种，正房北墙大多贴领袖像、英雄，炕上的两面墙就五花八门了：美丽的天女提着花篮把一朵朵鲜艳夺目的花儿撒向人间，京剧四大名旦以俊美的扮相粉墨登场，桃园三结义、隋唐演义、武松打虎、海瑞罢官……这一张张年画，不仅养眼，也像一张张大连环画。想看到不同的年画故事吗？串门去啊。家家户户的大门为你敞开着，不用请！

打我记事起，过年都要贴年画。可这贴年画的习俗是何时有的呢？孟元老的《东京梦华录》、周密的《武林旧事》等典籍，都记载了宋代京城春节期间出售年画之类吉祥装饰品的景况，当时年画的张贴已普及于城镇居民之中。

据说年画起源于汉代，发展于唐宋，盛行于明清。

既然明清年画已然很盛行，我就打问母亲小时候的年画。她说第一次见到年画是在新中国成立后，姥爷姥姥从卓资县搬家到凉城县，在二姥爷家看到的。之前过年，都是大姨制作贴画。贴画，不就是把年画用图钉钉到墙上吗？“不是。”母亲否定了我的字面猜测。看来，贴画这个民俗手工艺品，虽然早已消失于旧日流光，对我来说却是个新名词。它是什么样的，怎样自己制作呢？

那是在新中国成立前，姥爷姥姥家在卓资县的小山沟里。那里人烟稀少，出山到集市也不容易，基本上过着自给自足的农耕生活。姥爷日出而作，日落而归，耕作着一大家人的口粮地。在那里生活，母亲的记忆里没有年画。一到冬天，大雪封山，冰天雪地，出山难，货郎也极少进山。山里人对新年的祝福却不会被山峦冰雪封闭阻隔，且会激发出人们的智慧，来寄托人们祈福迎新、国泰民安、吉庆有余的愿望。贴画就是老乡们发挥创造力制作的。这种线条单纯、色彩鲜明、画面热闹喜气的贴画，大姨做起来得心应手。

怎么能让贴画的色彩丰富呢？过端午时，货郎进山卖彩纸彩线，大姨就为过年做贴画动起了心思，她会多买些彩纸预留过年用。大姨把糊窗户的麻纸用剪刀剪成各种图案，有人物、动物、花鸟以及农事活动等，然后把这些剪纸糊在一块木板上，用油灯的烟煤熏染成黑色，接着把这黑色的剪纸揭下来，再贴在一张彩纸上，就成了自制的彩色贴画，春节时贴在墙上，也增添不少喜庆的气氛。当然，大姨还会用彩纸剪出各种各样的窗花，直接贴在窗户纸上，那是另外一种民间年画。

母亲记得，她第一次见到版式印制的年画，是在新中国成立后搬到凉城县三苏木。过年时，二姥爷家堂屋贴了张年画。上面画了一个男孩和一个女孩，一个抱着个小羊羔，一个抱着个大公鸡。女孩头上扎着两根羊角辫，抿着嘴笑。

正月里，一群孩子相跟着串门，母亲他们到了二姥爷家，二姥爷指着画上的那个小女孩，对母亲说："你看，那不是你吗？你就是那样子。"

母亲羞涩地摇头，觉得自己哪里能和画上的人比。不过，她至此认识了年画，那画面也画在了她的记忆里。

发表于 2015 年 2 月 25 日《北方新报》

打麻绳

家乡凉城县有一个乡俗，正月里女人们是不做针线活的，不能动针和剪刀之类的。但女子们的手却不闲着，在这个约定俗成的假期里，她们就为接下来要做的针线活做前期准备，就是打麻绳或捻棉线。

麻绳的作用可就多了去了：过去人们脚上穿的鞋都是家做鞋，纳鞋底、上鞋帮，都要用麻绳，这是细麻绳。农家用的结实耐用的粗麻绳也是麻捻加工的，如辘轳井上打水用的斗绳等。当然，那些拉犁和拉车打水用的粗麻绳就得请专门打麻绳的麻匠来串了，麻匠有一台专用的木制工具，农家想要多粗多长的麻绳，都可以私人定制。

北方传统的农家住房，一盘火炕是靠窗户的，窗户是木质的上下两扇窗户，上面的那扇窗可以从下往上撩开，夏天，撩开支柱，也可以把窗户下端的钩子挂在房梁的挂钩上。正月里，这个挂钩有了别的用项，那就是挂麻捻束。女子们把麻捻分成一束束，头儿拴住挂在房梁上，长长的一束麻捻垂落在身旁，女子们坐在火炕上，顺手揪一根麻捻在手，开始麻利地打麻绳……

手工打麻绳要用拨吊。拨吊是用成年的牛小腿骨做的，铁匠在牛的小腿骨中段钻个小孔，把一根铁棍穿进小孔，在小腿骨的另外一端或岔开，或朝一边弯曲，牢牢地卡在牛腿骨上。而另一侧长约五六寸长的铁棍，头要弯成钩，像今日的挂衣钩的样子。

把宽宽的麻捻破成细丝，取一根麻捻，将麻捻的一头撕捋成尖细的头儿，然后把这根麻捻缠绕在拨吊中间的铁架子上，缠的时候，要从铁架和牛棒骨结合处缠起，一手把捻头按住，另一只手往上缠麻捻，就把捻头压在了麻捻里。

这拨吊就像钟摆，拨一下，它就有了惯性，转起来……腾出来的手就可以随着拨吊的转动搓拧这根麻捻，把麻捻拧紧拧圆，且麻捻逐步顺着铁架上升，攀援，手里提着的麻捻逐步走成了紧密均匀的细麻绳。拧好的单股麻线就势交叉绕在拨吊架子两旁的牛棒骨上。

如法炮制，这单股麻绳一圈圈缠绕，逐渐成了中间大，两头小的棒槌形，到足够大时，边缘已经快超过牛棒骨两头的骨码时，这一工序就该告一段落了。

接下来就是把单股的麻绳搁成双股麻绳。方法是这样的：从拨吊上绕下一根单股麻绳，先把一头绕在右手的食指上，缠上几圈后，反手，把这根麻绳绕在手掌上，小圈变成了大圈，直到露出了这根单股麻绳的另外一头。

关键的时刻来了，把先前缠绕在食指上的那头儿拉出来，两头并起来，单股的就成了双股，把这并起来的麻绳按先前打单股麻绳的方法缠绕在拨吊铁架上，在顶端的弯钩上吊好，同样的，一手慢慢把右手上的麻绳往开放，左手拨一下拨吊，在拨吊的迅速转动中，也是边搓边放绳，就拧紧，拧成了麻花状的双股麻绳。在拨吊上打单股和双股麻绳时，拨动拨吊的方向是相反的，这才能把单股的拧成双股的。

为了让麻绳更顺滑，还可以把打好的麻绳一头塞进拨吊牛棒骨的骨码里，因为骨码中间有条细壕，拉紧麻绳，在壕里摩擦，将其磨得光滑，这样纳鞋底时，就不太费劲了。

最后一道工序，打麻绳结。这是收储麻绳的传统技法。一圈接一圈，十几圈甚至二十几圈麻绳就像曲别针串联起来，用的时候，用一根解下一圈。这样打成的一串串麻绳就像一个个钱串子，寓意自然是希望双手创造出财富，有足够的钱花。

这样的场景会延续到二月二“领钱轮”的日子，农历二月二，要捻棉线。在家乡的风俗中，这一天，女人们手里飞快地转动下面坠着铜钱的捻线棒，据说，这天铜钱转的次数多，自然钱也领的多喽，且捻的线长而不断，喻义家人健康长寿，幸福绵长。

一次在母亲的针线盒发现一团棉线，它不似机纺线那么白那么细，摸起来却也均匀柔和，给母亲看，原来它就是手工捻线。这团手工捻线，又扯出了一条线的故事。

那年我高烧昏迷住院，母亲日夜陪伴在我的床边。在昏迷中，我的生日要到了。我出生在农历二月二，母亲已经很多年没有捻线了，但在这个日子里，她又拿起捻线的手艺，一丝一丝的棉花在她的手指间搓捻成绵长柔韧的细线，输液瓶里的液体一滴滴顺着滴管流入我的血管，母亲手里的棉线在一丝丝延长……当又一个不眠之夜过去，当母亲熬红的双眼里出现了一大团没有接口的长长的捻线，我的双眼睁开了……

母亲是如何的专注认真，我能想见，那手中的线似乎就是条不会断开，也不能断开的生命线。和着手里的捻动，母亲也在不断地祈祷……“果真你在第二天醒了。”母亲高兴地说。

我仔细捋着那长长的棉线，我要收藏它。

发表于 2015 年 8 月 29 日《北方新报》

春雨遐游

春风吹醒了早春的晨曦，吹来了今春第一场春雨。

春雪与春雨依依不舍地拥别，融化在温暖的春意里。小小的雨滴，清理着世间的微尘，安抚着人们热望的心绪。雨点越来越大，在干燥的土地上筑下密密匝匝的雨窝。它不选择土地的肥沃或贫瘠，总是执着地投入，渗进地下，形不成水流，只让土地守候和感动，让世人留恋和感叹。

“好雨知时节，当春乃发生。随风潜入夜，润物细无声。”它的到来，是一种呼唤，一种期待，一种向往。它仿佛一位爱捉迷藏的仙女，喜欢在夜半下凡降临人间，用自己的甘露，悄悄地把大地滋润、把睡眠的草坪唤醒、把沉睡的花朵催放、把卷曲的枝叶舒展，把绿色、把希望撒向人间。

春天的雨在大地消融着，融入了内心。春天的风吹绿了大地，每一片新叶上挂着春和冬告别的热泪，每一滴，都蕴含着对万物萌发的深情，迫不及待地直钻入心扉。漫步在春天里，在春风春雨中穿梭，一种莫名的感觉油然而生，就像深入了春天的内心，触摸到了春天的灵魂，感受春天里生命的坚强与绽放……

春天的雨最富于母性，一直哺育着大地子孙，北方的冬季漫长而干燥，而春雨的到来，却似一位温柔的母亲，为履行前世的约定，将今生的无私和博爱播撒人间。她像轻抚睡梦中的婴儿一般，细心地抚过每棵树、每株草、每座山、每道岭，也不会疏忽那角角落落……春雨温润着大地和人间。而人间万物像个初生的婴儿，贪婪地吮吸着甘甜的雨水，融汇了生生不息的人类文明。

雨滴，大力地敲打着干渴的大地。滴答、滴答的雨声，轻叩心扉，心为之一颤！春雨打在玻璃上，落在窗台上，韵律都清脆好听。它是一种单调而耐听的音乐，用最轻的敲打乐，由远而近，轻轻重重轻轻，夹着一股股的细流从楼顶一路滑下，各种敲击声与滑音，汇成了一曲美妙的音乐，似一把把古琴，弹奏出远古的呼唤，那细细密密的节奏，单调里自有一种柔婉与亲切，滴滴点点滴滴，似幻似真，像儿时的催眠曲，使人昏昏欲睡……

春雨是一种生命的乐音，用心倾听，你能听到它的忧虑、它的快乐、它的回忆、它的希望，春雨也是有灵性的，它能体味你的情怀、沉淀你的心情、滋润你的心田、消除你的愁绪、清凉你的世界。身置春雨中，会产生勃发的热情，冲破旧日的惆怅，将阴霾与烦躁一扫而光。使干涸的心灵涌出汩汩清泉，充满灵动与激情，将你带入一个清新纯净的世界。

打开窗，寒冷湿润裹挟着泥土气息的新鲜空气随着春风涌进来，透心透肺地沁入身体。窗台上缀满迎春花的枝条摆动着腰身，似乎在向我请求：“带我出去吧……”

在雨中徜徉，感觉雨滴飘洒的优美，细细品味大自然的这一份恩赐，享受这怡然惬意的快乐。春雨滋润了心田，朗润了心绪，浸润了心灵，推开心窗，打开心扉，与小草对话，与小花私语，与小鸟对歌，有一种心清气爽的感觉。行人的脚步轻了，他们正走向希望……

春天的雨淅淅沥沥，小雨下个不停。我喜欢聆听落雨的声音。清脆的滴答滴答，动听和弦的乐曲，是大自然造物的杰作。我享受下雨的感觉，高空坠落的雨滴激起水花，卷起泥泞，打破时间的沉静。一幅清爽的画面，一首悦耳的雨声，一种浓浓的思念，一份恩赐的礼物。激荡高昂、错落低沉，这是天与地的合奏曲。

沉醉其中，我的心田一层层潮湿柔润，在等着我撒下一粒粒希望的种子……

写于 2014 年 4 月 25 日

麻

过去，家乡凉城县农家喜欢种麻子，麻子是高杆大秋作物，一长成，就是一片麻林，种在房后，就像驻扎了一队卫兵。

麻，它的个子高高，有的能长一房高，它就是麻捻的前身，麻捻又是麻绳的前身。麻子无论长多高，腰身总是挺得笔直，伸出枝叶，绿色的叶子如手掌，又伸出一片片小叶子，风过麻林，刷拉拉响，夏日，钻入麻林，真个凉爽！在里面玩捉迷藏，顺便逮个叫蚂蚱，嗑几粒早熟的麻籽……好不惬意！

麻分母本和父本，母本叫籽麻，父本叫花麻。授粉时，花麻开出小黄花，花粉由风传送，花麻授粉，就完结了它的使命，从黄绿渐变成土灰。农人们便开始间花麻，就是用镰刀把花麻间出来。间掉花麻，疏朗了麻林，籽麻有了更充足的空气和阳光滋养……

留下的籽麻于是枝叶繁茂，能结好多的麻子，麻子可以当零食，可以榨油。农闲时，一把麻子，晒着暖阳，满场院的笑语随着麻子壳飘落……

边嗑麻子边说说麻吧。

秋天，收割后的麻泡在水塘里沤到能把皮剥下来，就把麻秆捞出来，一捆捆靠墙晾晒，直到晾干后，把皮剥下来挽起来，就是麻捻了。可以出售或者自家留用。

沤麻时，要把泡在池子里的一捆捆麻用石头压住，让水浸没麻的全身，泡麻的水用河水最好。沤麻像做醋一样，要掌握好温度，不能沤在那里就不管了，隔段时间要翻动，时间的长短也要掌握好，时间短了，皮不容易剥下来，时间长了，沤过头了，把皮沤得不结实了。品相好的沤完后捞出来，是白色或绿色的，很柔韧。

沤完麻的池水又是很好的肥料，农人们把草木灰等倒进这个水池，沤肥，第二年，就是非常好的天然肥料。

细心地把沤好后的皮剥下，那皮是长长的一条柔韧。那剥皮后的麻秆还是上好的盖房用的栈子。房顶上架上檩和椽，麻秆就能上来当硬栈子了……

剥皮后的麻秆依然为人们奉献着热和光，老乡们说它里面含油，燃烧起来很旺很亮，还很耐烧。夜里，点燃一根麻秆，举着出门，能当火把，它明亮的火焰指引你的前路。

燃烧后的麻灰还能做染料呢。在能买到化工染料之前，老乡们给布染色用的就是麻秆灰。

把麻秆灰放到开水锅里化开，把要染的白布放在锅里煮，还可以加点盐防止褪色。煮出来的布晒干，就变成了不会褪色的黑布和灰布，颜色的深浅就要看锅里放的麻秆灰的量了。

想要得到一块印花花布吗？办法有啦——在染布前，在白布上零零星星地揪起一簇簇布，打成几个褶子，用线缝住，好了，可以下锅了，同样的程序，晾干后，拆线，瞧吧，黑底灰底上有了朵朵白花，这白花有梅花、有百合花、有梨花……而且朵朵姿态不同，每匹布都是绝版。

发表于2015年4月8日《北方新报》(原文《皮麻》)

抢　购

那包棉花中的最后一团棉絮絮到了一块棉垫里，至此，那一大包棉花完成了它的使命。这一大包棉花是被分装成一个个小包，每小包装1斤，一共是90包还是100包呢？父母也记不清了，但我们都清楚地记得它来到我们家的年份——1988年。

那一年，“要涨价了”的小道消息在街巷里一传开，人们手头的钱立刻换成了日用品，肥皂、火柴、糖、布料……见什么买什么，积蓄也从银行里取出来，买自行车手表洗衣机电视……一时间，就如1989年央视春节联欢晚会上姜昆唐杰忠合说的相声《着急》里描述的：街坊二大妈一嗓子，把我没给急疯过去——过两天，副食品要涨价了，老急一着急，醋，打了一洗脸盆；酱油，打了两水缸；味精，买了两抽屉……

想必当年看相声的人都会心一笑：自己不也是个老急吗？

还好，我妈没像老急急昏了头，没打回家两水缸酱油，她知道酱油存放不了多长时间。她急中还能生出些许智慧，知道用有限的钱买能存放的、迟早用得着的东西。于是，那一大包棉花便由父亲用自行车驮回了家。那时候，母亲决定买棉花的理由很充分——在老家有个风俗，儿子结婚，要给儿子儿媳缝四铺四盖，就是四张褥子四张被子，而且这褥子和被子的棉花要絮得厚实，据说，一套被褥加起来要用十斤棉花。我哥当时还没结婚，我弟弟离结婚更远着呢。但母亲想得很长远，知道棉花是必备的物资，就让父亲到百货商店的库房抢购了一大包。和那包棉花配套买回的还有红的绿的缎面，上面龙凤呈祥、牡丹盛开，还有红格蓝格的褥单……

但母亲没料到时代的脚步会走得那么快，新时代的年轻人会接受一些老习俗，然而也不肯全盘接收。就说结婚时的四铺四盖吧，哥哥和弟弟不肯让母亲受累做那么多那么重的被褥，母亲坚持要絮，时隔十几年，哥哥和弟弟几乎说了同样的话："那就留在家里，等我们回家用吧。"弟弟成家时，母亲在惋惜那喜气的大红缎面被棉质的被罩掩藏了，弟弟却在庆幸有被罩盖住堪称古老的花式。而那些红格蓝格的褥单至今老爸老妈还在用。

那年，我妈还狠狠心，把存款取出来，也买了件大件商品——双卡录音机，这远远超出了我和弟弟的请求，我们原本只是想让父母买台砖头大小的单卡录音机学英语。当然，母亲这么大方也是有理由的，她也认为这是高瞻远瞩，要涨价了呀！提前给哥哥买台上档次的录音机，等哥哥结婚时用。那时，家里钱不够，如果有足够的钱，她会买台彩色电视机。

母亲除了长远打算，也在为眼下的日子筹划，那一年，她还囤积了一百斤食盐。那一百斤食盐吃了多少年成了笔糊涂账，母亲后来洗菜时也在水里放点盐，说这样可以杀菌，邻居要腌酸白菜，母亲便拿出盐送人，好像早点用完那一袋袋盐，就是卸下一副重担。吃过这一大袋盐后，母亲吃盐，吃一袋买一袋，有人要对她说今天不买，明天就吃不到了，她也会稳如泰山，丝毫不为所动。

那年，估计大部分家庭的银行存折账户都清了零，都换成了大件小件的商品，摆放在家里，堆放在仓房里，好像唯有看着实实在在的东西近在眼前，才会感到踏实、安稳。邻居王老师的妻子就在副食品商店当售货员，于是，他家的火柴、糖等副食品和日杂用品就囤积得更多。邻里间互递油炸糕，他们包的豆馅格外甜。火柴呢，直到后来那家集体副食品商店转制，王老师的妻子下岗自谋生路，做小生意，过春节时卖爆竹，那火柴还有不少。弄得我们也在担心，生怕存放不当，火柴把爆竹点燃……幸亏，他们家的日杂用品在开秋季物资交流会时，勤快的王老师两口子把存货都处理了，也让我们松了口气。家属院的孙老师家肥皂洗衣粉储备了多少啊！孙师母一直带孙子外孙，孩子们的卫生不用操心不说，每次儿女回去，孙师母还把肥皂洗衣粉往儿女手里塞……

20 世纪 80 年代末 90 年代初，流行穿手工编织的毛衣毛裤，我想，这大约也和 1988 年人们抢购回家大量的毛线有关。瞧吧，大姑娘小媳妇坐在一起，人人手里都有毛线活，手指间竹针铁针穿起一圈圈鲜艳的毛线，穿起一个个鲜活的日子……

发表于 2015 年 6 月 17 日《北方新报》

那些年的化妆品

今日的化妆品，可谓万紫千红。而在过去温饱都难以保证的年代，女子是怎样能花极少的钱甚至不花钱化妆呢？原来，只要有颗爱美的心，化妆术就藏在身边的一草一木、一物一品中。

当指甲油没有出现的时候，女子手指甲上那点点俏丽的红色是怎么染上的呢？这是个一代代传下来的古老配方——用天然的花叶。把院子里种的海娜花摘下，根据想要指甲颜色的深浅，和着适量配比的杏仁、白矾、煤炭粉捣碎，手指弯曲成空拳，把捣烂的黏液糊在手指甲上，然后先用莲豆叶包住，接着是更大的番瓜叶包裹，最后一层是用布包，当然，还得用布条或细绳捆住。

每年海娜花盛开的季节，正是三伏天，人们容易上火，也容易患红眼病。在老家凉城，流传着一种说法，染了红指甲的姑娘就不会染上红眼病。因此，无论是爱美的大姑娘，还是怕染红眼病的小姑娘，都情愿忍受手被包成粽子的憋闷潮热，傍晚时分任由母亲包裹，在蝈蝈的催眠下进入梦乡……

第二天早晨醒来，急不可耐地拆开层层的包装，洗去那黏糊糊的附着物，不禁惊呼一声——指甲一夜之间变成了鲜艳的粉红色（或桃红色，或深红色）。用此法染的指甲，每天干活洗手也没关系，整个夏秋都不会褪色。

那时候，家乡有闺女的人家院子里几乎都种着海娜花，花开的季节，家家花团锦簇，一片鲜艳夺目的粉红盛开，然后点缀到了女子的手指上。海娜花就这样一年年开放在家乡的庭院里，莲豆、番瓜被点种在屋檐墙下，以其繁茂的生长结出一串串豆角，一个个番瓜，填充人们瘪瘪的肚腹，顺带着还做了染指甲的包装。

小时候，我们家也年年在院里种海娜花、莲豆和番瓜。海娜花的花瓣是复瓣的，层层叠叠的粉红色就要溢出来，它们被母亲摘下来，像姥姥给母亲包指甲那样，我的指甲也被包成了粉红色。

在母亲的记忆里，姑娘媳妇用的眉笔也是就地取材，是折一根细柳条在油灯上烧焦，晾一晾，那黑色的柳条头，在眉毛上画，就成了烟眉、黛眉、柳眉。

母亲小时候洗脸哪里有洗面奶，连香皂也没有，用的是自制的胰子。每年腊月杀猪后，把猪胰子放到铁钵里用铁杵捣碎，为了让胰子光滑细腻，用细箩过滤掉渣滓，然后拌上碱面，和好揉捏成圆团状，晾干就成了胰子。做好的胰子摆放在大躺柜顶上，正月里村里的人们挨家挨户串门，谁家的胰子又大又白，也是这户人家光景好的证明。

这胰子可不像今天我们用的香皂——一天不知会搓它多少遍，那时候的胰子可得节省着用。

我小时候，人们已经用不着自己做胰子了，都是到百货商店买香皂。不过，我见过爷爷自己做的胰子。从战乱和饥荒年代走过来的爷爷，把双手磨砺得粗糙而灵巧，勤劳成了他的生活本能，节俭成了习惯。艰苦教会了他许多生活技能。我喜欢看爷爷将那些看似没用的东西转化成有用的物品。胰子便是其中之一。爷爷做的胰子没有商店卖的香皂圆而滑，却让我感受到了爷爷沉浸在劳动创造中的快乐，假如我们喜欢用他的制造品，他的快乐会更多。

发表于 2014 年 10 月 17 日《北方新报》

小人书年代

我的童年时代，在校园里，小人书不知道有多风光。孩子们热衷于交换收藏各种小人书，谁收藏的小人书又多又好，自然就成了大家纷纷结交的焦点人物。而这位“藏书家”，由此也有了炫耀的资本。

当然，想当个“藏书家”可不容易。很多时候，我们是到小人书摊看小人书，一本2分钱。大人给的不多的零花钱都被我们用在了小人书上。小人书摊前的小板凳总是满座，座位不够，摊主就把看摊的椅子让给小顾客，自己在场子里转，看哪个孩子翻到了最后一页，等着及时收书收钱。

我和弟弟是配合默契的读书小组，我们选一本小人书，一个人坐着边读边翻页，另一个站在身后看。因为我们是老顾客，摊主也就默许我们的批发式看书。

那时候，新华书店常进一些小人书，站在柜台外，眼巴巴望着那一排排封皮光彩照人的“挚爱”，最大的愿望就是什么时候自己挣钱了，把它们都买回家。书店里的小人书种类繁多，内容丰富，是根据古今中外名著和当时流行的电影电视改编的。诸如：四大名著，《霍元甲》、《陈真》、《红岩》、《林海雪原》、《铁道游击队》、《说唐》、《杨家将》、《岳飞传》……

为了攒钱买心仪已久的小人书，夏天，我会在街上捡杏核，卖给医药公司收购站。为了卖个好价钱，还要把捡回来的杏核一个个用小斧头敲开，卖杏仁。秋天，就把吃南瓜挖出来的瓜子晒干，卖南瓜子。尤其一到杏子上市的季节，我的眼神变得分外明亮，能把前方路上混迹于泥土中的杏核一眼就找出来；脚底板的神经也特别灵敏，陷入地里的杏核也能感觉出它的存在，赶紧抠出来让它体现价值，为我们购买小人书的伟大事业贡献力量。

记得那年新华书店《说唐》陆续上架，为了把一整套《说唐》捧到手，我不仅要节省下爸妈给的买早点的钱，还得利用课余时间抓紧捡废品。等兜里攒够了零钱，就兴奋地换回套书中的一本。要是钱不够，也要每天都到书店去探查一番，看到想要的小人书还在，就有了奋斗的目标。

对小人书的酷爱和痴迷，对我的一生产生了深远的影响。正是这些小人书，形成了我一生爱书的习惯。今天，我们处于海量信息的时代，人们获取知识和信息的渠道也扩充了好多，电子读物的出现让人们的阅读有了更多选择。我不知道现在还有多少人能够经常买书、藏书，又有几人能像古人那样以书会友，以书为友，甚至以书为生命呢？

而我在享受网络带来的方便快捷时，依然喜欢手捧实体书的安谧。看着书架上那一本本码得整齐的书，一种莫名的情愫在我的心里翻涌，随手翻开一本，如同翻开了儿时对小人书的痴爱。

小人书，陪伴着和我同龄的一代人走过了一个清苦而又纯真的年代，留给我们这代人一个如诗如画的童年。在那个物质极度贫乏的年代，因了小人书，我们精神上得到太多的慰藉。如今，人已到中年，但是，那个阅读小人书的童年却始终萦绕心间，回味悠长。

遗憾的是，曾经收藏的小人书大都流失在了岁月的长河里，我只能从不断回想那如梦如烟的往事中，去品味洋溢着欢乐的小人书年代……

发表于 2014 年 9 月 22 日《内蒙古日报》